ノート／わらの心臓

川村毅

論創社

目次

ノート

◉登場人物

A
B
J
K
N
O
T
男
女
機動隊員

1

Tが倒れている。N、O、B、Aがやってくる。

N　そういうわけだそうです。
B　なんでいまさら。
N　わかりません。
A　お元気でしたか?
B　誰に聞いてるんだ?
O　元気だよ。
A　お久しぶりです。
O　元気じゃないけど、元気だよ。

Jがやってくる。

B　呼んだのは、あんたか?
J　違います。(Tを指し)彼です。みなさん、事情はおわかりですね。

O　このままにしておこう。
J　そうはいきません。
O　どうして？
J　私たちの存在の意味がなくなる。
A　リアリティを感じられません。
N　私たちにリアリティがあるわけがないでしょう。
J　どなたか彼を起こしてください。

NがTを目覚めさせる。

T　……。
J　始めます。

ヘリコプターのプロペラ音が遠くから聞こえる。

N　いきなりここからやりますか。

ヘリコプターが近づいてくる。全員がその方向を見上げる。

A　Nさんはここで何か歌を歌ってました。
N　ノート。
J　(Tに) 思いだしましたか?
T　え。
J　もうすぐ世界が終わります。
N　ノート。これは救済です。世界の始まりです。
J　ですから救済のために終わらせるのです。さあ、T君乗ってください。
T　え。
J　君とB君、A君、N君は空中班。私とO君は地上班でした。
B　ノート。地上班にはHもいたはずだ。
J　ですからH君は無期懲役ですので。
B　納得いかない。
N　彼は最初に自首して捜査協力しましたからね。
B　同じ裁判官だっていうのに。
O　まだ言ってる。
B　事実と違うままやろうって言うのか。
J　仕方がないでしょう。(Bに) やめますか?

B　意味がわからん。
J　この過去のことですか?
B　この集まりの意味だよ。
N　私もわかりません。
J　このままT君を置き去りにしていいのか、ということです。
B　ナカマ思いなんだな。
J　やめるというならご自由に。
B　やるよ。(Tに)早く乗れよ。(戸惑うTに)乗れって言ってんだよ!
T　わかりません。
J　乗ればわかりますよ。さあ、人類を救済するんです、終わりの始まりに向かって。
A　ノート。
J　何がノートなんですか?
B　乗せちまえ。
O　ノートが出てるぞ。
B　うるせい。

BとNがTの腕を取る。

A　（強く）ノート、ノート。

　　　AがTを摑んでいるふたりの手を振り払う。

A　本人が思いださなければ、フェアじゃありませんよ。
J　思いださせるためにやってるんです。
A　T君は乗ってはいなかった。
N　ノート。乗ったよ。
A　ノート。あなたは見ていませんでした。
B　ノート。ガスを撒く時、声がしたぞ。
A　ノート。
N　ノート。
B　ノート。
O　こりゃだめだよ。
J　だめですかね。では仕切り直しましょう。

2

Tと女がいる。

女　どうしたの？
T　（と聞かれた意味がわからず）どうしたの？
女　話してよ。
T　何をです？
女　何があったの？
T　何があったんだろう？
女　わからないの？
T　何がわからないのか、わからない。
女　こっちを見て。
T　……。
女　見えてる？
T　はい。
女　私はわかる？

Ｔ　わかるってどういう意味ですか？　自分が誰だかわからないのに……
女　私とは初対面？
Ｔ　はい。
女　名前は？
Ｔ　あなたのですか？
女　自分の。
Ｔ　わかりません。
女　思いだせない？
Ｔ　思いだせないのか、わからないのかが、わからない。
女　今がいつだかわかる？
Ｔ　１９８……。１９９……
女　２０１８年よ。
Ｔ　え、もうそんな経ってしまったんだ。
女　ここがどこだかわかる？
Ｔ　拘置所ということです。
女　わかるのね？
Ｔ　聞いて知りました。
女　何をしたかわかる？

T　何をしたか……

女　何をしたか思いだせる？

T　何かしたという気配はあります。

女　話してみて。

T　無理です。ぼんやりと思いだすけど、ぼんやりとわからない。

女　子供の頃のこととかは？

T　子供の頃ですか……カナリア。

女　カナリア？

T　籠の中の黄色いカナリア。先の欠けた赤い柄の錆びたシャベル……園芸用のシャベルで土を掘って死んだカナリアを埋めました。

女　子供の時？

T　たぶん。

女　（納得して）ああ。あれはお母さんが亡くなった次の年。あんたはお母さんの時はぼんやりしてたけど、チーチャンが死んだ時は泣いていた。一週間幼稚園に行かずに泣きっぱなしだった。でもチーチャンは手のり文鳥よ。

T　ノート。

女　ノート？

T　カナリアだった。

女　あの時のカナリアと混じったんじゃない？
T　あの時の？
女　毒ガス検知のためのカナリア。
T　毒ガス？
女　施設に突入する時、機動隊員が持っていた籠の中のカナリア。
T　機動隊員……
女　カナリアは真っ先に死ぬの。
T　それで、死んだんですか？
女　いいえ。
T　そうか。よかった。
女　ええ。よかった。
T　なんでいろいろ知ってるんですか？
女　あなたの姉だから。
T　そうなんですか。
女　他に何か思いだせる？
T　ＵＦＯ。
女　（納得して）ああ。
T　月刊『ムー』のＵＦＯ特集。

女　『ムー』が出てきたんだ。あと一息じゃない。
Ｔ　……。
女　どしたの？
Ｔ　目眩がする。
女　休む？
Ｔ　そうさせてください。
女　近いうちにまた来るから。何か欲しいものある？
Ｔ　欲しいもの……
女　ノートが欲しいの？
Ｔ　ノート？
女　さっき言ったじゃない。
Ｔ　ああ、あれはみんなで言い合ってる時に使うやつです。
女　みんな？
Ｔ　みんな。
女　みんなって誰？
Ｔ　過去というやつらしいです。（出ていく）
女　……。（見送る）

3

女と男がいる。

女　それで何があったんですか?
男　倒れてたんです。
女　なんで倒れてたの?
男　わかりません。
女　ショックだったってこと?
男　そうかも知れませんが、わかりません。
女　役に立たないわね。
男　もしかして怒ってらっしゃる?
女　みんなで、わかりませんわかりませんって。わかってるふりよりはましだけど。
男　六人の執行を聞いて気が動転したのかも知れない。
女　そんなことぐらい誰だって想像できる。どうすればいいんだろ。
男　どうすればいいとは?
女　元に戻す手立てはないの?

男　どうなんですかねえ。
女　は？
男　それがいいことなのかどうか。お会いになってわかるでしょう。今はとってもおだやかな顔になってる。
女　ぼんやりよ。
男　余分に苦しまずに済むかも知れない。
女　「苦しまずに済む」って、どういう意味？
男　この先のことです。
女　この先ずっと今のままでいろってこと？
男　見守りましょう。
女　自分の人生を知らずに死んでしまうってことじゃない。自分の罪を全部忘れてしまってる。
男　彼はもう十分苦しみました。
女　それで済むとは思えません。
男　ではなぜ人間は宗教を必要とするのでしょうか？
女　そんなこといまさら私に聞く？
男　自分の罪が赦《ゆる》されないと認めた時点で、その人はすでに赦されています。
女　そういうものの言い方で、さんざっぱら騙されてきたのよ。
男　彼も同じことを言いました。

女　あの子、聖書の言葉にはどう反応してたの？
男　熱心に聞いていました。
女　納得して受け入れたの？
男　受け入れたかどうかはわかりませんが、とても興味を持ってました。それでよく議論になりました。
女　私が不安なのはね、まさかあの人の執行がショックだってことじゃないでしょうね、ってことなの。
男　わかりません。
女　あの子、あの人の教義から自由になれたと思う？
男　今の状態がこれまでで一番自由だと言えます。だから、私は今のままのほうがいいのではないかと。
女　そんなの反則勝ちみたいなものじゃない。
男　反則勝ち、か。
女　私たちって無力ね。
男　見守りましょう。
女　時間がない。
男　心神喪失状態で刑の執行はできないはずです。
女　でもあの人は、あの男は、あんな状態のままで執行された。そんなことなら、全部を知った上

男　でのほうが……
女　……いずれにしても希望は捨てないでおきましょう。
男　希望？　私たちがそんな希望を持って許されると思う？
女　少なくとも私は希望を持ちます。
　　希望がどういうものだったのか、思いだせない。

4

Tがいる。A、N、J、B、Oが来る。AとNがTに近づく。後の者たちは遠巻きにしている。

A　こんにちわ。
T　……。
A　いつもここにいますね。
T　ここ？
A　屋上ですよ。たいていここから空を見てますね。
T　（言われるままに見上げる）
A　何を見てるんですか。
T　何を見てたのかな……

A　もしかしてＵＦＯとか？

T　ＵＦＯ……

A　見えるんですね？

T　いや、見えないけど……

A　呼んでるんですね。

T　呼んでる？

A　なんかぶつぶつ口のなかで唱えてるでしょう？　それですよ。それでＵＦＯを呼ぼうとしている。図星でしょ？

T　（ぶつぶつと）唱えるって……ひとりごとか。何をぶつぶつ言ってたんだろうな……☆★×♪＃

（ほとんど意味不明かもしくは聞こえないようにつぶやく）

A　ほら、それだ。もう一度。

T　……☆★×♪＃

N　（見上げて）来た。あなた呼びましたね。ほら、光ってますよ。

T　……。

N　……消えましたね。意識の底に眠っているもうひとりのあなたが呼び寄せたんですよ。今のＵＦＯ、どこに行くんだと思います？

T　どこに行くんだろうな。

A　興味ありますか？

T　ええ。
A　ぼくたちの研究所に来て考えてみませんか。（名刺を出す）
T　（受け取り）「新しい人間のための研究所」
A　声掛けしてよかった。こうしてお知り合いになれたのは、これは運命ですね。互いに呼び合ったんです。
T　これは何ですか？
N　私たち新しい世代がどう生きるかを真剣に考える場所です。
B　ノート。
N　どうしてですか？　あなたはこの場にはいなかったはずです。
B　研究所は若者だけのものではなかった。おれのような……
O　あんたの事情は関係ないだろ。（Nに）続けろよ。
N　（Tに）私たちは古い世代には見えないものが見える。古い世代はそれを否定して、私たちを厄介物扱いする。そうやって社会から除け者にされてしまった若者が集まる場所です。（不意に言い方が変わり）覚えてるでしょう？
T　……わからない。
N　君は興味を持ったんです。ＵＦＯの行き先がどこなのか、二十歳の君は即答しましたよ。覚えてないのですか？　戦場ですよ。
T　は？

N　君は戦場と答えた。こうも付け加えた。「ぼくはＵＦＯに乗って戦場に行きたい」と。
A　そうだっけかな？
J　ノートですか？
A　いや。はっきりしないからいいです。
T　戦場って何だろうな。
N　私が思うに、政治的イデオロギーを棚上げにしたところの闘いの場所のことを言ってるんでしょう。ただそこには思想もない。思想がないから、子供の反抗心と大差がない。だから、私たちは研究所であなたに思想を獲得させようとしたわけです。

T　自分はそれで行ったんですか？
N　いや。すぐには来なかった。その代わりにお姉さんがやってきましたよ。
T　お姉さん？
N　ああ。
T　その姉というのは……

ヘリコプターのプロペラ音が聞こえてくる。

A　来ましたね。
T　また、これですか。

B　ヘリはおれが調達したんだ。
N　ノート。私とあんたとでだ。
B　操縦してたのはおれだ。
N　UFOじゃなくて残念だろうが、戦場には変わりがない。さあ、乗って。（歌う）サリンー。サリンー。魔法使いサリン。
A　ほら、やっぱり歌ってた。

プロペラ音がさらに近づく。

N　（歌い）サリン、サリン、サリンちゃーん。
B　早く乗れ！
T　なんで？
B　乗れ！
T　嫌です。

プロペラ音がやむ。

N　ノート。あなたは乗ったんです。だからそうしないと。

A　ノート。
B　誰がおまえの言うことを信じる。
A　どういうことですか？
B　裁判の後半で、おまえは検察寄りの評言ばかりしていた。
J　Bさん、ここは抑えてください。
N　いきなりこの場面はきつ過ぎませんか。
J　なるほど。少しさかのぼりましょうか。
B　やってやるよ。

Bは0を抑え込む。Nも加勢する。

O　乱暴なナカマたちだよ。
N　(Aに）手伝いなさい。
A　ノート。ぼくはこれには関与していない。
O　これって何だ？
J　薬物注射実験です。
O　(Aに）ほんとに嘘つきだな。
A　嘘つきはあなたです。

O　ちょっと放せよ。

BとNはOを放す。

O　(Tに近づき)君、本当に記憶をなくしたのか?
T　……。
O　本当ならそのままでいてくれ。
J　君、何を言うんだ。
O　思いださないほうがいい。
J　(Oに)帰ってください。
O　どこに?
J　……。
O　涅槃にでも帰れって言うのかよ。
J　続けてください。やりたくないわけでもあるんですか?
O　ないよ、そんなもん。続けよう。
B　(Oを捕らえ)暴れるなよ。
O　暴れてないよ。
N　ノート。(Oを捕らえ)あいつは暴れてました。

O　おれは暴れたくない。
B　少しは暴れてみせろよ。
O　嫌だね。
N　どいつもこいつもわがままばかりですね。とっとと片付けちゃいましょうよ。

Jが注射器を取り出してOの腕に刺す。

O　（投げやりに大袈裟に）うわー、やられたあ。
B　昇天したか？
O　昇天した。
J　（Tに）思いだしましたか？
T　え？
J　こうした光景に何度か立ち会ったはずです。揺れた人には昇天してもらいます。

BとNはTを抑え込む。

N　昇天するかヘリに乗るか？
B　どっちだ？

T　乗せてください。
N　よし。（Tを放す）
T　UFOに乗せてください。
一同　……。
T　UFOになら乗りたい。
O　ハハハハハ。
J　焦らずに最初から練り直しましょう。

5

男とTがいる。

男　どうです、私のことを思いだしましたか？
T　この前、牧師さんとおっしゃってました。
男　ええ。でもその前から、あなたとは知り合いでした。
T　知り合い……
男　確かに。
T　ナカマってことですか？

男　ナカマじゃないな。
T　トモダチ？
男　そう呼んでいいのかどうか。
T　どうしてですか？
男　私のほうでトモダチだと思っていたとしても、あなたはそうは思っていないかも知れない。私の場合そういうケースが多かった。
T　トモダチになれそうな気がします。
男　それはうれしい。ずっと片思いでしたから。
T　片思い……
男　あなたは遠くのあちら側にいってしまいましたから。
T　何も思いだせません。
男　学生時代に私たちは知り合いだったんです。
T　そうだったんですか。
男　お互い大学生の頃です。１９８０年代。インターネットが支配する前の時代です。
T　よくわからないな。
男　あなたはいつも校舎の屋上で空を眺めている人でしたよ。
T　そうなんだ……屋上。空……
男　どうしました？

T　なんだか目眩がします。すいません。横になりたいな。
男　戻りますか？
T　そうします。
男　では私はこれから回想に浸ります。大学生のあなたをお借りしますが、いいですか？
T　どうぞご自由に。
男　あなたはどうかお休みください。
T　ありがとうございます。

＊　＊　＊

Tと男がいる。どうやら回想場面のようだ。

男　ワゴンチャイ。
T　ワゴンチャイ。
男　今のワゴンチャイはちょっと違うな。
T　ワゴンチャイ。
男　いいねえ。今のだよ。
T　……。

男　またここか。
T　悪いか。
男　何してんだよ?
T　空を見てんだ。
男　ワゴンチャイ。
T　……ワゴンチャイ。
男　授業には出ないんだ。
T　余計なお世話だ。
男　おもしろくないもんな。
T　余計なお世話だ。
男　空を見てておもしろいのか?
T　おもしろいことがあるのかねえ。
男　自分で探さないとな。
T　目に見えることでおもしろいものがあるとは思えないな。
男　見つけだすさ。
T　全部、虚だよ。
男　キョ?
T　この社会は虚ろだよ。流行ってるものなんざ、みんなアブクだ。

男　実のあるものを捜しだすさ。
Ｔ　思うんだけどな。
男　おまえはいつも考え過ぎだよ。
Ｔ　人類が滅亡する日は近いんじゃないかな。
男　そうは思わないけどな。
Ｔ　なんでそうじゃないと思えるんだ？
男　この国は立派に繁栄してるからさ。
Ｔ　全部ハリボテだよ。今に核戦争が勃発してあっという間に消えてなくなる。
男　世紀末だって言いたいのか。おまえこそ流行りの思想にかぶれてるな。若者が抱える終末感ってやつね。
Ｔ　そこいらのオヤジみたいなこと言うね。
男　おれは、そのオヤジたちの社会で勝負したいんだ。世界は動いてる。それがハリボテかどうか自分の目と足で確かめなくちゃな。
Ｔ　まさしくオヤジどもの言い草だな。
男　オヤジどもを馬鹿にしてるだけじゃ何も変わらないね。おれがやりたいのは、オヤジどもへの下克上だ。
Ｔ　下克上。
男　大学を出たら会社を作ろうと思ってんだ。それで資金をプールして本格的な事業を展開する。

T　本格的な事業って何だ？

男　時流に乗ったやつだ。社会はいろいろな色彩で出来ている。まずはその色の一部になって、それから自分色に染め上げてやるんだ。おまえね、自分だけは世の中の色に染まらないなんて気取ってちゃだめだぞ。

T　どうせ世界はもうすぐ終わるんだ。

男　アメリカとソビエトの核戦争か？

T　目に見えない大きなものが覆ってくるような……

男　目に見えないものってのは恐怖なのか？　おまえはさっき目に見えないものしか信じられないとか言ったよな。

T　だからね、世界の終わりには恐怖と楽園が同居してるんだ。

男　おまえという人間はだな、結局甘やかされて生きてんだよ。生活に困っていないから、そんなこと言っていられるんだ。おれが手に入れたいのは金と成功だよ。金があればなんだってできる。

T　君は普通の会社員の家にも地獄があるってことを知らない。

男　貧乏でいるよりはましだろう。稼ぎに稼いでおまえのその気取った態度を見返してやるよ。

T　気取ってる暇なんかない。ぼくは、息をしていても地面に立っている感触がないんだ。目の前の世界の実感がない。ただそれだけのことだ。がたがたうるさいな。なんでそうぼくのことをかまうんだ？

男　おまえのことがほっとけなくてな。
T　ほっといてくれよ。
男　いや、その、一緒に立ち上げられないかなと。
T　あ?　何を?
男　会社だよ。おまえはこれまで出会ってきたなかで一番信じられる人間だ。
T　……。
男　まじめに言ってんだ。真剣に考えて欲しい。何を笑ってんだ?
T　いや、今日はよく誘われる日だなって。
男　よく誘われる?
T　さっきこんなもんもらった。(名刺を出す)
男　(受け取り)「新しい人間のための研究所」
T　知ってるか?
男　聞いたことあるな。
T　UFO研究。超常現象研究。
男　おまえ、こりゃ健康増進の道場だぞ。
T　健康増進?
男　雑誌で見たよ。新しい呼吸法とかなんとか。ここに行くのか?
T　ちょっとのぞいてみようかって。

男　なんだか怪しいな。
T　怪しいかな。
男　やめとけよ。（名刺を返す）その後、彼が何を話したかは覚えていない。どういった顔をしてその場を立ち去ったのかも思い出せない。

T、去る。入れ替わりに女が来る。

男　あの時、もっと強く止めておけばよかった。
女　あなたが責任を感じることはない。
男　無理やりにでもこっちに引き込んでおけば……いや、そんなことしたら私のような人間がもうひとり出来上がるだけか。
女　あの子はあの時点で真剣ではなかった。あの子から名刺をもらって最初に興味を持ったのは私のほう。こんなことになるはずじゃなかった。まさか、こんなことになるなんて……

回想。Kが来る。

女　（名刺を出して）それってもしかしてこれのこと？
K　そうそう、これこれ。

女　怪しいやつじゃないよね？
K　その友達はね、行ってみるとそんなことないって。全然普通でみんな明るくてフレンドリーだって。いろんな呼吸法やるらしいの。それやった翌日すっごく体の調子がよくて、肩凝り腰痛が治るって。ねえ、つきあってくれない？　変だったらすぐ帰ろう。
女　わかった。

Aが来る。

A　ようこそいらっしゃいました。おふたりはお友達どうしですか？
K　ええ。会社の同僚です。
A　どんなお悩みでしょう？
K　肩と首の凝りかな。もう体を全部取り替えたいくらいなんです。
A　なるほど。体を取り替えたいか。できますよ。
K　ホントですかあ。
A　まじめに取り組んでいただければ。そちらは？
女　眠りが浅いんです。
A　睡眠障害ということですね。
女　はい。眠れないけど薬には頼りたくなくて。

A　わかります。
女　なんだかいつもだるくて。
A　大丈夫。改善しますよ。今の時代、無病息災という言葉は死語になりました。個々人それぞれが心身の痛みを抱えてなんとか生きていくのが現代です。そういうもんだとみなさん諦めてしまう。しかし、当研究所の呼吸法を会得すれば、新しい世界が広がります。文字通り世界が変わるんですよ。
女　（男に）疑心暗鬼のまま続けると本当にぐっすり眠れるようになったの。

時間が経過した様子。

A　あなた方はとても優秀です。まじめだし、潜在的な可能性を持っています。新しい人間に生まれ変わる可能性です。いかがでしょう、ステップ・アップしますか?
K　ステップ・アップ?
A　次のステージです、気の発見です。（Kの額に手のひらをかざす）私は今あなたの気を感じています。（触れずに手のひらを動かすとKが押されたように動く）人の気ばかりではない。ステップ・アップしていくと動物、植物の気を感じられるようになって、やがて会話もできます。
K　猫ちゃんと会話できるってこと?
A　そうです。

K　すっごい。あたし、やるやる。

女　どっちが早く次のステージに上がるか、彼女と私は競争を始めて、いつしかライバルどうしになってしまった。自分が信者になっているという実感もないままに……

6

Tがいる。J、B、N、O、Aが来る。

J　さて、仕切り直しです。改めて確認しておきましょう。これはT君の記憶を甦らせるためのワークショップです。当初はT君のためだけのものでしたが、しかし、そうもいかないことが判明してきた。どうやらこれには私たち自身の記憶の検証の意味合いも出てきました。それはそれでやっていくことにしましょう。しかし本来の目的はT君のためであるという共通認識は持っておいていただきたい。T君、いいかな?

T　なんだかよくわかりません。ここが拘置所のどこなのかもわかりません。

J　わからなくてよろしい。みなさんはよろしいですか?

B　おれはもうやめさせてもらうよ。意味があるとは思えないね。

J　それはまたどうして?

B　おれたちはもうさんざっぱら供述したし、証言もした。すべては調書に書かれている。いまさ

OBJ　ら何を検証するってんだ。
　　　裁判における供述、証言で十分だと？
OB　裁判記録を読ませれば事は足りる。
OBJ　おれは十分だとは思わないね。あんたも体験したろ。取り調べ調書というやつは気分で言ったことが重要視されるし、重大なつもりで言ったことが軽く扱われる。
OB　不満があるなら再審請求しろよ。
OB　おれは諦めたね。司法で裁かれるということはこういうことなんだよ。わからないということが認められない。白か黒か無理に決着つけられてしまう。
A　ぼくもそう思う。
OBOA　間違った証言もしっかり記録されてしまう。
OB　あのなあ、ここでちんたら裁判批判なんざしたところで、何にもなんないね。
OBO　批判ではない。黒白のはっきりした事実でおれたちは裁かれる。だが、事実は真実じゃない。
J　真実は多面体だから法で裁くことはできない。
J　勘違いしないでください。これはT君を裁くのが目的ではありません。つまり、私たちは真実の記憶を目標にするわけです。
O　真実の記憶なんてないよ。記憶は無意識に編集されるものだ。
J　ですから編集されたものをノートし合って真実にたどりつこうというわけです。
O　できるのかな。

N 『羅生門』の無限ループです。
J 『羅生門』の無限ループとは？
N 出来事の記憶が語る人によって違う。堂々巡りの無限ループです。
O しかし、あれは登場人物おのおのの証言だろう。証言に食い違いが発生するのは当然だよ。証言と真実は違う。
N どう違うんです？
O 証言は事実だ。『羅生門』はまさしく裁判の限界を描いたものだよ。思うにだよ、事実なんてものはなからないんだ。当事者の口から語られる事実とやらはだよ、あくまで当事者にとっての事実であってまっさらな事実ではない。
N だから事実が真実にたどりつくことはできない。
O まあ、そういうことになっちゃうのかな。
N だからこのワークショップに意味はない。
B 意味がない、と。
J そうですか。みなさん、懐疑的なのですね。では、解散。
A え？
J 解散です。(出ていく)
A ちょ、ちょっと……
B 行っちゃったよ。

O　あっさりしてるなあ。

A　昔から彼はああだったよ。解散だよ、解散。(誰もが動かないのを見て) なんだよ、みんな、どうしたんだよ?

B　ぼくはやる意味があると思うんです。

A　本音を言うと、おれはおまえらとはもう関わりを持ちたくないんだ。顔も見たくない。いまさらまた共同作業なんて冗談じゃない。おれはもう教団を脱会してんだ。

B　威張るな。おれなんかとっくに洗脳が解けてたね。

O　ああ。おまえはずっと揺れ続けていた信者だった。よく生き延びてきたもんだ。

B　ハハッ。生き延びたか。よく言うよ。

O　洗脳が解けてるかどうかを自分で判断できるものなんですかね。洗脳と言うなら、それは単にあの人の呪縛から解けたということだ。つまり、あの人への疑いが生まれたというだけで、本当にぼくたちは自由になれたのかどうか。「自由になれたのか」なんて自分で言ってて変だな。

A　自由になるために修行を積んでいたのに……

O　解けてないな。

A　そんなことはありません。ぼくは解けてます。でもそう考えると自分の人生のほとんどを否定することになる。そう思うと……あの人にもいい時期はあったんだし。武力闘争路線にいく以前です。でも、今はあの人のことを考えると体中に蕁麻疹が出て……気分が悪くなった。すいません。(出ていく)

N　私は今でもマスターを敬愛しています。（出ていく）
B　おれも房に戻ろうかな。
O　（Tに）残念だったな。
T　御足労おかけしました。
O　……ほんとに記憶をなくしてしまったんだな。おれと君は同期の入所だったんだ。それとナカスギユキオがいたな。在家の時分、三人で研究所帰り牛丼食ったこともあったっけ。いいやつだったよなあ。ナカスギユキオ。
B　ナカスギユキオか。なんであいつ殺されたんだっけ？
T　殺された?!
B　スパイだったんだよ。
T　スパイ？
B　他の団体の。（Oに）おまえが殺《や》ったんだっけ？
O　ノート。
B　おまえが薬物注射で殺《や》ったんだ。
O　ノート。薬物注射はおれの専門じゃない。おまえが首絞めて殺したんだよ。
B　ノート。ナカスギはおれじゃない。
O　いたぶって殺されたんだ。おれが見た時にはもう息がなかった。倉庫の片隅に転がされてた。背後に気配を感じて振り返ると、Nがいた。Nに命令されておれと君（T）とで遺体を焼却炉まで運んでいった。焼却炉に遺体をほうり込んだのもおれと君だ。ナカスギが燃えているあいだ、おれと君とはぽつりぽつりとしゃべった。覚えてるだろ？

T　思いだせないんです。

B　ノート。

O　この事実は間違ってないぞ。

B　おまえに対してじゃない。（Tに）もう芝居はやめろ。

T　芝居？

B　記憶喪失のふりをして罪から免れようってはらだろ。おれははなから見抜いてるんだぜ。あの人と同じだ。（感情を高ぶらせて）あいつと同じだ。やつは心神喪失の芝居をして免れようとしやがった。

Jが戻って様子を見ている。

O　あれは芝居なのか。

B　自分だけ助かろうとしていたに決まってる。

O　最初は芝居だったかも知れないが、弟子たちが次々に証言していくのを見て本当に錯乱していった。

B　いや。おれたちに全部なすりつけることができなくなったんで、いっそう演技に磨きをかけたんだ。
O　あの錯乱は本物だよ。おれたちが助かろうとするのを見てあの人は錯乱に逃げ込んだ。
J　ほう。すると私たちは助かろうとしていたんですね。
O　（振り返り）あ？
J　私たちは助かりたかったんだ。刑が軽くなるのを望んだんだ。そういうことでいいんですかね。
O　結果的にはそうなるってことさ。指示を下したのはあの人に間違いないんだから。
J　しかし、実行したのは私たちだ。なぜ私たちは実行したのでしょう。
B　何言ってやがんだ。
J　拒否するか無視するかもできたはずでしょう。ふと思うんですがね、あの人の狂気と錯乱は逮捕以前から始まっていたわけで、私たちは命令など一切合財拒否もしくは無視できたのではないかと。あの人のほうでも単に妄想のひとりごとを口走っていたようなもので、まさか私たちが実行するとは思わなかったという節があるのではないか。
B　それじゃあ、おれたちはまるでアホってことじゃないか。
J　そうです。私たちはある意味アホだったのです。
B　拒否だか無視だかできる環境だったか？　空気というやつだな。空気で実行する人間がアホだっていうなら、人間みんなアホってことだ。（Tに）なんだよ、その目付きは。自分だけアホではありませんみたいな顔しやがって。自分だけ助かろうなんて思うなよ。芝居はやめろよ、芝居は。おれもおまえも普通にアホな人間だったんだよ。

T　じゃあ今はどういう人間なんですか？
B　なんだと？
T　洗脳が解けて今はどういう人間なんですか？
B　自分だけ生まれ変わったみたいな顔しやがって。
T　自分は、自分がわからないだけです。
B　おれだってそうだ。今現在、自分がどういう人間でいればいいのかわからないから、こんなに、こんなに……（自分の頭を叩く）
O　芝居はやめろよ。
B　あ？
O　錯乱の芝居はやめろよ。とまあ、なにをどうしても芝居に見えてしまうのが今のおれたちってわけだよ。他人の振る舞いを非難するのはやめにしないか。
B　……。
T　（Oに）ありがとうございます。
O　いや、別に。
J　みなさん、当たり前のように洗脳だとか言いますが、私たちはあの時期、世間で言われるようにマインドコントロールされていたのでしょうか。さきほど私は自分をアホだと言いましたが、愚直なまでに真摯を極めた信徒であった自分への韜晦《とうかい》の表現です。私たちはなにも思考停止状態に陥っていたわけではない。そうでしょう？

O　その通り。おれたちはそれぞれ宗教体験を通過してあの人の教義を信仰した。
J　（Bに）あなたは裁判で思考停止状態を主張しましたね。あれはやはり減刑のための戦略だったのでしょう？
B　それはまあ、弁護士の戦略だったことは認めるが……洗脳だったんだ。やっぱり洗脳だったんだよ。完璧に解けている今だからそう言える。
O　あんたが房で日々書き留めてた言葉ってのは、今でもあの人の教義だって聞いたけどね。
B　それはあの人が狂気に陥る前の教義だ。
J　私たちは文字通りのアホというわけではなかった。思考停止というわけではなかったと私は主張したかった。つまり、あの人のせいだけというわけではなかった。
O　いや、結局のところ、あの人のせいだよ。あの人の口から出た教義なんだから。
B　（自分の頭を叩き始める）
O　おれはもう完璧な無宗教だよ。
T　あまり追い詰めないで。だいじょぶですか？
B　ありがとう。君、いいやつだな。いいやつだったんだな。

Aが来る。

A　解散したんじゃないんですか？

J　ええ。しました。
A　なぜ、ここにいるんですか?
J　さあて、なぜでしょう。
O　なんだかんだ言ってなんとなあくいたいんじゃないの。(Bに) な?
B　うるせい。
O　いつまでもダベっていたいんだ。大学のサークル部屋みたいに。な?
B　おまえとは世代が違う。
O　でもナカマだったんだろ?
T　ナカマだったんですね。
J　ナカスギユキオ君のことに戻りましょう。
O　聞いてたんだな。
J　誰がナカスギ君を殺《あや》めたか、です。
A　ナカスギさんは誰からも殺められてはいません。
B　あ?
A　あの時はまだ教団は人殺しには手を染めていないはずです。
B　そうだったか?
A　ナカスギさんは修行中に精神錯乱に陥ったんです。とてもまじめな人できびしい修行を休みなしで続けてしまった。気を失ったので寝かせていたのが、気がついたら心臓が止まっていたんです。

B　そうだった。それがナカスギユキオだった。

T　それですぐに焼却してしまったと。

A　仕方がなかったんです。外部には一切漏らさずに処理せよというのがあの人の指示でした。ぼくはまずいなとは思ったんです。

O　さあ、遺体の焼却はおれたちの役目だよ。君持って。

T　自分？

O　足のほうを持って。（と遺体があるような仕草をする）

T　（持ったような仕草をして）こうですか？

O　さあ、投げ込むぞ、いっせいのせっ。

TとO、遺体を焼却炉に投げ込む仕草を合わせる。ぼっと炎の上がる音がする。

J　研究所が教団を名乗りだした時期で、宗教法人認証の申請の最中でした。どんなことをしても隠し通さなければならなかった。

A　これで後戻りができなくなったんだ。

J　今から考えるとそうですね。

A　一度嘘をつくと辻褄合わせのために嘘をつき続けることになる。やがて嘘をつくのに慣れっこ

O　になって大きな嘘も平気になる。
A　自分のことか?
J　教団全体のことです。
B　ほらね、記憶の検証ができてるでしょう。複数人でやれば真実にたどりつく。こうしたワークショップなわけです。納得しましたか?
A　理屈はわかったよ。
T　Nさんはぼくが説得します。
J　みなさん、自分のためにすいません。
B　私たち自身、この機会にできる限り思い返そうということです。
A　いまさら思い返したくないんだよ。
B　過去は消しゴムで消せません。
T　(Tに) 記憶をなくした君が羨ましくなってきたよ。楽だろ?
B　楽ではありません。
T　嘘でしょう、楽でしょう?
O　自分がここにいるのかどうかあやふやなんです。
O　ちょっとふたりだけにしてくれないか。

J、B、A、出ていく。

T　Oさんでしたよね。自分のせいでいろいろご迷惑をおかけします。
O　ほら、ナカスギ君が燃えてるよ。
T　これってまずくないですか。
O　その通り。あの時も君はそう言った。おれは答えた。まずいよ。次におれが言ったことは覚えてるか？
T　覚えていません。
O　教団やめようか。
T　でもこれってもう共犯になったってことなんじゃないですか。
O　そう。あの時も君は同じことを言った。
T　それで自分たちはどうしたんですか？
O　逃げ出した。あの頃の教団はまだ緩くて簡単に抜け出せた。しつこく追ってくることもなかったし、居所を捜しだして強引に戻すなんてこともなかった。おれたちは自発的に戻った。なんでだと思う？
T　洗脳が解けなかった。
O　そうとも言える。だが、おれはあの時はもうあの人の教義には懐疑的でね。そんなおれがなぜ戻ろうと決めたのか。外に出ても居場所がないってことに改めて気づいたのさ。どこへ行っても素っ裸で見知らぬ街を歩いているような気分さ。何も持ってないし、誰も知らない。もともと貧しい家に生まれて、あちこちたらい回しされて育ったおれだ。学歴もなし居場所もなしで足を踏み入れたんだって気がつくと、やたら研究所がなつかしくなってね。そうなんだ、あそこにいればナカマがいるんだって。それで戻った。「おかえり」って言われてひとりっきりの自分ってやつを再認識したね。「おかえり」なんて初めて言われた。二日後に君も戻ってきた。「自分のような人間が生きていける場所がない。」君はそう言った。一度逃げたぼくたちには軽い地獄が待っていた。

O T 軽い地獄？

その後に待ち構えている地獄に比べれば、という意味でね。

Nが来る。

N 君たちは圧倒的に修行が足りないのです。瞑想部屋で自己を見つめてください。自らの弱さと向き合い、超克していただきたい。

O コンテナに閉じ込められるんだ。畳二畳ぐらいの、おまるがあるだけの真っ暗闇。ひとりっきりで一週間。一日一食の教団食で生き抜かなければならない。

T よく平気でしたね。

N O T おれは平気じゃなかったよ。さ、入れ。

Tはひとりきりになる。

T　まるで闇だ。

Oの叫ぶ声が聞こえてくる。「出してくれー。もう逃げないから出してくれー。」

Tは耳を塞ぐ。

T　ああ、死んだほうがましだ。

いつしか女が立っている。Tに甦った回想のようだ。

T　死んだほうがましだ！

女　死んだほうがまし？

T　！

女　そんなこと言うぐらいなら一緒にこの家出よう。お父さんになんか気兼ねしなくたっていい。どうせあたしたちのことなんか何にも興味がないんだから。ここには何もない。何もない家。ずっとここにいても仕方がないわ。あたしと一緒に出家しよう。

T　出家？
女　ええ。現世の縁は断ち切って、見たことのない宇宙を見るのよ。あたし、先に行ってるからね。あんたも決心がついたら来なさい。（消える）
T　ぼくを置いていかないでくれよ、姉さん。……ん？　姉さん……

AとNがいる。回想は続いているようだ。

A　いつもここにいますね。
T　……。
A　いつもここから空を見てますね。
T　……。
A　何を見てるんですか。
T　ＵＦＯ……
A　ほう。ＵＦＯに興味がある？
T　黙って。ほら。
A　ほんとだ。

三人、ＵＦＯの飛行を目で追う。

N　消えた。あなたが呼んだんですね。すごいですね。どこに消えたんでしょうね。

T　UFOの行き先ですか？

N　ええ。

T　まぶたの裏側です。ぼくはUFOに乗ってまぶたの裏側に行きたい。……これだ。（言うと同時にNは消える）これだった。ノートだ。戦場なんて言葉は使ってない。

A　さあ、開放の場面だ。本当に君はよく耐えたよ。さあ、出て。

T　（歩く）

A　「まぶしい」って君は言ったよ。

T　まぶしい……

A　そう。そんな言い方だった。これで君のステージは確実に上がったよ。

T　これは懲罰じゃないんですか？

A　実は懲罰の意味合いだけじゃないな。ぼくもこの瞑想部屋の体験を経てステージが上がった。

A　マスターが君に期待している証拠だよ。光が見えなかった？

T　光？

A　ぼくの場合、苦痛の果てから闇の向こうに虹色の光が現れた。

T　いろいろな過去を思いだしました。

A　内面が奥深くなった証だ。

AT 苦しかったです。

AT 考えないことだよ。自己を捨てることだ。自分を大事に抱えていてはステージを上げることはできない。苦しみはまだ自分の満足だけしか考えていない証拠だよ。

AT 考えないことですか。

AT 考えるから苦しいんだ。考えるのをやめることは苦しみに打ち克つことだ。悩みがあるなら一度ぼくに全部吐露してくれてもいいんだよ。

AT 別にありません。まだ自分が可愛いんです。

AT 一度死んでみるといいんだ。最大の試練としての修行は死ぬことだ。死んでリセットして甦ることだ。君はそこに到達できる素質を持っている。だから、もう逃げたりしては駄目だ。

AT わかりました。

AT お姉さんはもう戻らないらしい。

AT 姉……

AT 逃げたんだ。負けたんだよ。自分のエゴに負けたんだ。君は負けたりしない。君は負けない。

AT とこの時、ぼくは君に説教した。すまないと思っている。思考停止を進言したようなものだ。

AT ……姉が逃げた。

AT 君が戻ってきたから、お姉さんは逃げ果《おお》せたんだ。あの人は君がいるなら、お姉さんを追う必要はないと。君は不思議な信者だったよ。何を考えてるのかわからない、いつもどこか一点をぼーっと見つめていてね。宗教体験を経たようにはまったく見えなかった。そのくせスポンジのように教養や修行を吸収していく。威張ったりしないので下の者には慕われた。そのせいで君は上の者からけっこう嫉妬されてたよ。

A　嫉妬ですか。

T　普通はあの人に気に入られたいとがんばるんだ。君はその競争とは無縁だった。それなのにあの人は君を信頼した。だからなおさら嫉妬されたよ。ぼくも君が羨ましかった。

A　え？

T　君が現れるまではぼくがあの人のナンバーワンだった。

JとNが来る。

J　いかがですか？

T　何がですか？

N　自己変革ができましたか？

A　彼のステージは上がりますよ。目を見ればわかります。

J　ほう。それはよかった。これ以上マスターを落胆させるのはやめましょうね。あなたは重要な戦士ですから。

T　戦士？

A　この頃から集団の武装闘争の萌芽があったということです。

N　他人事みたいに解説するな。

A　解説しなきゃ、彼にはわからないですよ。

J　どんなひどい目に遭っても人間の愚行は修まらない。今の人間に望みを抱くのはやめて、新しい種を生みだそう。とマスターはおっしゃってます。

A　ノート。

J　なぜですか？

A　この時期にもうそれを言ってましたかね。

N　マスターは私たちには説いていたね。

A　ぼくは聞いていない。

J　少なくとも私とN君は聞いていた。まずユートピアとディストピアの共存です。つまり、今の人類をすべて消去して、私たちだけが生き残り、新しい人類の種を誕生させるのです。

N　（Tに）君はUFOに乗って戦場に向かうんです。

T　そうか、ここか。

N　は？

T　ここであなたは戦場を口にした。だからあなたはぼくが最初にUFOと戦場を結びつけたと思い込んだ。

J　なるほど。ではこの後の展開は思いだせますか？

T　わかりません。

J　みなさん、出てきてください。

B、Oが来る。

J　サクラトシヒコ君の件です。（Oに）君がサクラ君をやってください。
O　また、おれかよ。
B　つべこべ言わずに。（Oを捕らえる）
O　たいしたナカマだよ。
B　つべこべ言うな。
T　この人は何をしたんです。
J　逃げたのです。
T　自分と一緒じゃないですか。
N　そう。君は恵まれていたんです。
O　あの人のお気に入りだったからね。（Nに捕らえられて）痛いなあ。
B　よしよし。今度はいい具合に暴れてるぞ。
N　（Aに）手伝いなさい。
A　ノート。ぼくはこれには関与していない。
J　サクラ君には懲罰として薬物の実験台になってもらいます。

O　やめてください。

J　ただの実験です。恐れることはない。そう、私たちも何もサクラ君をはなから昇天させようとしていたわけではなかった。（Oに注射を刺す）ところが……（Oがぐったりするのを確かめて）彼は昇天してしまった。

O　（顔を上げて）誰ひとり驚かなかった。

A　麻痺しかかってたんです。ひとりだろうがふたりだろうが……

N　解説するな。

J　この毒物は最強だ。マスターに報告してくる。（出ていく）

N　遺体処理をしてください。

N、B、A、Jが出ていく。OとTが残される。

O　要するに、またおれたちってわけだよ。でも、君は嫌な顔ひとつしなかったね。おれもそうだった。本当のこと言うとね、君に負けたくなかった。普通の家の育ちで学歴のある君には負けたくなかった。だんだんと教団では、男は高学歴、女は美人が出世するようになっていった。君もステージを上げて教団幹部に上り詰めた。おれは君の背中を必死に追ったよ。おれが教団に居続けられたのは、君のおかげだ。（と動くが動作を止めて）というか、君のせいだ。さ、遺体を片付けよう。

7

女とKがいる。

女　お父さんはもちろん反対したけど、すぐに黙った。

K　もちろん？　もちろん貯金をすべてお布施にした。

女　黙ったままだった。

K　ええ。T君はしっかり修行してる。

女　食事係りを任された。一日一食、信者分の食事。

K　それでね、そうしてると、それまで見たことのない青い光が見えたの。

女　単調な日々。

K　それまで見たことのない色彩の数々。

女　修行はけっこうきつい。睡眠は三時間。

K　三日間、眠らなかったわ。

女　研究所ではみんなにこやかで明るい雰囲気だったけど、出家して施設に行くと、みんな寡黙で冷たいので驚いた。

K　驚いたわ。人間の気のエネルギーを感じ取れたの。動物の気も感じた。動物と会話できるとい

女　うのはこのことね。次に植物の気が感じ取れた。
K　基本みんな人と関わるのを禁じられてる。
女　虫たちのささやきが聞こえるの。あなたには聞こえる？
K　私はここで何をしているんだろ。
女　もうどんな小さな虫も殺さない。
K　だからここはゴキブリだらけなのね。不衛生だわ。
女　不衛生なのはカルマを抱えた人間だって。
K　家族も社会も棄ててきたつもりだけど、ここにも人間関係はしっかりある。
女　万物すべての生命への思いが私を高みに上げていく。
　　誰もがお互いを疑っている。本心は絶対明かさない。恋愛はご法度だけど、ひっそりとざわざわした感情が渦巻いている。誰かに密告されるのを恐れている。
K　目に見えないものとの交信。
女　ちょっと見きれいな子たちが簡単に上へ上がっていく。
K　私は居場所を見つけた。
女　誰かが必ずどこかで監視している。
K　そしてまた私は新たなエネルギーを注入される。
女　おかしくなっちゃう子もいる。そのうちに誰がおかしくて誰がおかしくないのかわからなくなった。

K　あなた、瞑想部屋に行くといいわ。
女　自分のこともわからない。私、おかしい？
K　★♪×☆。

初めて女とKは向き合う。

女　どういうこと？
K　あなた、宗教体験までだでしょう？
女　ええ。
K　あなたにはがっかりよ。
女　何がかっかりなの？
K　修行してる？
女　……。
K　答えて。修行してる？
女　なんか違うなって思えてきて……
K　何が違うの？
女　やっぱりここにも自由がない。
K　魂の筋力アップをしないと希望の光にはたどりつけないいわ。

女　希望の光って何？
K　新しい人間の楽園よ。
女　たどりつけなくていい。
K　だめな人ね。
女　だめな人？
K　ここは無理みたいね。
女　ここは無理みたいね……
K　何？
女　会社で言われるのと同じ……
K　会社？　あの男社会と？　違うわ。
女　違う？
K　女だからって大学に行くのを反対された。女だからって仕事を任せられなかった。でもここは女だからって差別されない。女だからって無視されない。責任を持ってワークを任される。

女　わかるけど……わからない。
K　あなたは何も変わってない。
女　あなたは変わったの？
K　早くここで居場所を得なさい。
女　なんで命令口調？

K　もうあなたと対等に話せる立場にはないの。
女　そうなの。
K　瞑想部屋に行くといいわ。それが嫌ならマスターと直接話してみることね。
女　マスターと?
K　グレート・マスター。
女　マスターの女になれってこと?
K　意識が低い。(消える)

いつしか男がいる。

男　弟さんとは一度も会えなかった?
女　逮捕されるまでは、一度も。あなたは一度……
男　ええ。あの男、マスターと呼ばれる男が衆議院選挙に出馬した時です。選挙運動をしている彼に偶然、街中で。

回想の中のTが現れる。Tは音楽に乗って何やら踊っている。

男　(踊り終えるのを待って)おい、おまえ。もしかして、おまえじゃないか。

T　……。
男　君、おまえだろ？　おれだよ、おれ。
T　ああ。
男　何やってんだよ。

T、無視して行こうとする。

男　話をしよう。
T　（立ち止まる）
男　何をやってんだ、おまえ。
T　世直しだよ。
男　馬鹿なことはやめろよ。
T　馬鹿なこととは何事だ。
男　世間がどう見てるかわかってるのか？
T　その世間を変えるためだ。
男　こんなことで変わるかよ。おれは今会社を経営してんだ。週刊誌も記事にする、今を牽引する若手の一番手だ。わかるか？
T　生きててうれしいか？

男　おれの周りでは金がぐるぐる回ってんだ。いいぞ金ってのは。
T　生きてて楽しいか？
男　金があれば何でもできる。
T　何ができるんだ？
男　思い通りのことだ。それこそ世の中を変えられるんだ。成功者は尊敬される。
T　誰も尊敬なんかしちゃいないだろ。
男　会社に来ればわかる。こんなことやめておれのところに来い。
T　ぼくは今人類の救済のために忙しいんだ。
男　あっち側にいってしまったんだな。
T　君こそ、あっち側にいってしまった。
男　おれはこの国の経済の一翼を担う社会人だぞ。
T　滅びるまでわからないんだな。
男　なんだあ？
T　君のような人間は一度滅びてみないと真実が見えないんだ。
男　おれは滅びないぞ。
T　ハルマゲドンがもうすぐやってくる。
男　ハルマゲドン？
T　ぼくたちはもう黙示録の解読を完了させたんだ。

男　黙示録？『ヨハネの黙示録』のことか？
T　そうだ。
男　おまえ、おれのところへ来い。（Tの腕を摑む）一度おれの実家に顔を出せよ。
T　離せ。
男　ワゴンチャイ。
T　離せ。不浄なカルマが伝染する。

8

J、K、N、O、A、B、Tによる修行の光景。

9

T、Jがいる。

J　選挙の大敗をきっかけにあの人は武装闘争路線への切り替えを私たちに通告した。合法的な方法での人類救済は不可能とみなしたのです。思いだせますか？
T　わかりません。

J　つまり人間はそもそも愚かなもので、賢い私たちだけが生き残り、新しい人間を創出しなければならない。１９９０年、超人類の教義です。

T　え。

J　ソ連邦が崩壊し、ベルリンの壁がなくなり、東西冷戦が終結をみたが、私たちは資本主義の勝利を信じるわけにはいかなかった。米ソの核戦争の恐怖からは解放されたが、第三次世界大戦の脅威が迫っていた。ハルマゲドンです。人類の惨劇の後の種として、あの人は本格的に超人類を説き始めた。君はあの人にとって超人類のＤＮＡを持った人間だったんですよ。

T　え。なんで？

J　ＵＦＯを呼べたからです。富士山麓で私と君はＵＦＯを呼ぶ競争をしました。いつも君の勝ちだった。スプーン曲げは私のほうが優れてましたがね。

T　スプーン曲げ？

J　私を教団のユリ・ゲラーと呼んだのはあなたですよ。そう。あなたと私はうまが合った。私は理系出身だったが、家庭環境が似ていたせいか話が合った。なんの変哲もない普通の会社員の家。高度経済成長で潤った家庭出身ですね。父親はまるで給料配達人で顔がなかった。会社員だった。私の父は会社員だった。父の悲しみを知っていたのは私だけだった。働いても働いても家族から尊敬されなかった。働く父がなぜ家族から軽蔑されるのか、私はそれが悲しかった。君は私の話に深く共感していましたよ。

T　そうですか……

J　私はしっかりと息子を導いてくれる父親像を求めていたんだと思う。結局ハルマゲドンはなかったんだけどね。あの人の予言は外ればかりだったけれど、あの年、占星術チームが阪神・淡路大震災を当ててしまったから、けっこうみんな信じてしまった。……まさか、こんなことになるとはね。

T　……。

J　恋人が先に入信したんですよ。それを追って私も入信した。でも恋愛は戒律に反しますからね。彼女はあの人の女のひとりになってしまった。

T　え。

J　君にだけは話してましたよ。……しかし、私の家と比べると君のお父さんは立派でしたね。

T　え。

不意に女が現れる。

女　お父さんの行方がまだわからないのよ。あんた、何か知ってるの？

J　徐々に記憶が戻ってきているようですね。

女　知ってるなら証言して。

T　……。

N、B、O、Aが来る。女は消える。

J　さらに時間を進めましょう。いよいよ私たちは教団外の人間に殺害の手を伸ばします。
O　え。あれをやるのか？
J　教団を糾弾する人間は救済してやらねばという理念でした。
A　間違いでした。
J　間違いでした。間違いを検証しなければなりません。
O　やめようよ。
J　あの人の命令で私たちは私たちの敵である弁護士のSさん一家の殺害に向かいました。
O　勘弁してよ。
A　ノート。ぼくは直接手を下してはいません。
N　ノート。だから罪はないと言いたいのですか。
A　事実としてやっていなかった。
N　現場にはいた。
A　見ていただけです……
N　ノート！
A　興奮しないでください。
T　自分はいたんですか？

B　車の運転をしていたな。
T　……ノート。自分は運転するのかな。
B　そうだっけ。
N　ノート。していました。（Aに）いいか、手を下していなくても現場にいただけで十分罪に値するんだ。
J　始めましょう。私たちは当初駅前で拉致するために待ち伏せしていたのですが、彼は現れなかった。彼どころか誰も来ない。その日が祝日だったことに私たち誰ひとり気づかなかったからでした。
B　おまぬけなおれたちだよ。
J　計画を変更して夜まで待って、彼の自宅を襲撃することにした。玄関の扉の鍵が開いていたので、私たちは容易く侵入できた。
B　ああ、あの時鍵が閉まっててくれたらなあ。
N　おまえ、うるさいよ。
J　家の中には彼と彼の奥さん、そしてまだ赤ん坊だった息子さんが……
O　やめてくれ、やめてくれ。（突っ伏して号泣し）やめてくれー！

逃げようとするOをNが捕らえる。

N　逃げるなよ。
J　ここは裁判記録の通りにやってみましょう。私とBさんはS弁護士に襲いかかり、N君はS夫人、O君は息子さんを……
O　うわー。
B　直後はへらへらしてたのにな。
O　うるせい。おれがどんな気持ちで、どんな気持ちで……
N　ノート。それは今現在の気持ちでしょう。
O　なんだと。
N　凶行の最中は平気だったはずだ。私たちは言うなれば戦場の兵士だったんだから。
A　戦場なんてなかった。
N　ノート。私たちは攻撃を受けていた。現実に施設は毒ガス攻撃を受けていた。
A　あれは自作自演だった。
N　外は戦場だったんだ。街は戦場だったんだ。
O　(Tに) おまえが記憶をなくすから……
T　あの、この再現、もうやめませんか。
O　そうしよう。
J　……やめてどうするんです?
T　自分はあなたたちのことを知りたい。

J　そのためのワークショップです。
T　もっと個人的なことです。恋人が先に入信したから入ったとかそういうことを……
B　そういうのがいるのか？
T　なんで教団に惹かれたんですか？　最初からこんなことをするために入ったわけじゃないんでしょう？
J　私はさっき少し話しましたよね？
B　あんたかよ。
J　もうここまできてしまったんですからね、隠すこともないし、かっこつける必要もない。さらに告白しますとね、私の場合『かもめのジョナサン』だったんです。
N　（吹き出し）かもめのジョナサン！
B　なつかしいなあ。
A　何ですか？
B　かもめの話だよ。
J　愛読書でした。ジョナサンを拠り所にして彼女とよく自由について語り合ったものです。私たちはジョナサンのように大空を飛びたかった。
N　ハハハハハ。（気を取り直し）いや失礼。
B　けっこうミーハーね。
J　そんな時、私たちはあの人に出会ってしまった。あの人はジョナサンが求めていた自由を現実化できるオーラを纏っていた。

A　初めて聞きました。

B　ああ。初めてだ。教団のエリートどもときたら、揃いも揃って屁もこかねえみたいな顔してるやつらばっかだからなあ。

N　あんたもそうだろ。

B　おれは違うね。おまえら若造とは話が合わないから話さなかっただけだ。おまえがかもめのジョナサンなら、おれはアントニオ猪木よ。おれはここに入る前は猪木教の信者だったんだ。わかるかな？　わかんねえだろうなあ。土木の会社で設計やってたんだけどね。どうにもこうにも自分は人生の敗残者だって思いが拭えなくてな。なにがどうしてどうなったってわけではないんだが、なんか生まれた時から負け犬根性よ。そんな負け犬の唯一の娯楽が猪木のプロレス会場行くことよ。そんなおれがふと本屋で手に取ったのがあの人の教義本でな。

N　猪木の教義本ですか？

B　バカヤロ。マスターのだよ。茶化しやがって。もう話すのやめた。

N　茶化すつもりはありません。続けてください。

B　ちょいと立ち読みしてなんだか惹かれたんだよ。すぐに買って帰って一気に没入した。確信したんだ。ここには負け犬を受け入れてくれる考えが書かれてる、研究所にはその土壌があるって。実際、'80年代のあの人はやさしさに満ち溢れていたよなあ。初期の研究所にはだな、のんべんだらりとした人間をも受け入れてくれる寛容さがあったんだ。自由があったんだよ。それ

N　が教団を名乗りだして変わっていった。あの人は絶対自由って言葉を使い始めた。最初聞いた時、おれはしびれたね。凄いじゃないか、絶対自由。でもそれから軍隊みたいな規律やらヒエラルキーが形成されだした。
B　絶対自由を実現するためにはそうしたことが必要だったのです。
N　あの人は恐怖になった。ほんっと怖かったね。逆らったら、なんやかんやで殺されるだろうし、逃げたら追われて捕まって殺される。
B　今だからそういう言い方ができるんです。あの人の恐怖以上に、私たちは外敵の恐怖に晒されていた。
N　おまえ（N）、ほんっとまだ洗脳解けてないな。
B　信仰です。
N　おい、おれがここまでしゃべったんだ、おまえ（N）もすかしてないでしゃべれ。
B　私はすかしてはいません。
N　すかしてるよ。
B　そう見えるのだとしたら煩悩から解脱しているためです。私はとてもいい家庭で育ちました。両親の愛情をたっぷりもらって大学を出て健康食品の営業職につき、トップの業績を上げていましたが、私は顔にコンプレックスがあったのです。ばりばりの営業マンとして働いてる時期、ふと鏡で自分の顔を見た時の絶望感です。性欲が顔から滲み出ていて、まるで強姦魔の顔なのです。これではいけないと考え、会社を辞めて高野山を散策して空海に帰依しようとしましたが、うまくいかず、いろいろな宗教を渡って煩悩からの解脱を図りましたが駄目でした。何をしてもむなしいといった思いがつきまとっていました。高校の時同じ駅で二回、人が飛び込み自殺するのを目撃していました。そういうことも原因かも知れない。人ってのはむなしいものだという思いが拭えませんでした。

J　私も友人がトラックに飛び込み自殺するのに立ち会った。

N　死が自分の間近にあるという思いがいつもあったのです。死にたいと思っている人を自分は呼び寄せているのではないかと。

J　自殺の目撃者としてとても同感できます。

N　それから『ノストラダムスの大予言』に入れあげて全巻読みました。自分が人類の歴史と繋がっているんだという実感を得て世界観が変わりました。ちっぽけな自分でもしっかり世界と対峙できるのではないかと。ノストラダムスを通してマスターを知りました。マスターはこの世界でノストラダムスの予言詩を解読できる唯一の方なのです。

O　慣れたしゃべり口だな。

N　どういう意味です？

O　出家の勧誘でそういうことをさんざしゃべくったんだろ？

N　元気を取り戻してきていますね。

O　営業マンと聞いてなつかしかったな。おれも学習教材の営業マンだった。全国でナンバーワンの成績をおさめてもいた。たぶんおまえ（N）と同じ時期だと思うけどな。

ＮＯＮＯ
営業の鬼であるあなたのことは知ってました。

知ってたのか？

ギョーカイでは有名人でしたよ。煩悩にどっぷり浸かってたんですな。

たいしていい思いはしなかったね。いい生活ができると予想したけどそうではなかった。貧困からは抜け出せたが、貧しさからは抜け出せなかった。この意味がおわかりかな、みなさん？わからないと思うな。なんだかんだ言ってそこそこ裕福でまわりの愛情に囲まれて育ったみなさんとは違う。生まれてすぐ母親に捨てられて貧しい家に預けられた。四回交通事故に遭った。どれも死んでいて不思議のない事故だったが、いつも無傷で生き延びた。いつも死を近くに感じていたよ。営業やって余裕ができたが、達成感も満足感もなかったね。なんというかね、会社の経理も不正だらけだし、帳尻合わせのために人は平気で嘘をつく。世間というやつのからくりがわかってしまったんだ。夕暮れがきつかったな。仕事終わりに見る夕焼けがぽっかり空いた体に染みたなあ。

ＮＯＮＯＡＯ
わかります。

営業で人より勝ってもむなしいというか、この世に勝利も敗北もないなあと。

わかります。わかります。

貧困は脱しても貧しさはそのままだと。

尾崎の歌を聞いていませんでしたか？

世代が違うな。

A　ぼくは出家するまで尾崎豊の信者でした。
J　そう言えば君は尾崎豊の話題から入って若い信者を獲得していましたね。
O　あの甘ったれた歌な。
A　そんなこと言うと尾崎の信者に殺されますよ。
O　やっぱり殺されちゃうんだ。
A　尾崎の歌の好きな若者が全員で暴動を起こせば世界は変わる。これがコンサート会場での妄想でした。ぼくは歌うだけじゃ満足できなかった。もっと深く、もっと遠く、さらに深く遠く。
O　おれが好きだったのは森田童子。
N　おんなじだあ。
T　そういうあなた方がなんで……
O　ではここで一曲。『ぼくたちの失敗』。

O、歌う。Nも一緒になって歌う。

A　甘ったれてるじゃないですか。

Kがすっと現れる。

K　弾圧に屈してはいけない。
N　あなたがどうしてここに……
K　大丈夫。私たちには光の力が宿っている。
J　君（T）、確実に取り戻してきているね。
N　どういうことだ？
J　T君の回想が混ざってしまっているんだよ。
K　迷える人がいたら手を差し伸べましょう。さまよえる人がいたら道しるべを。外の人間たちを救ってあげなさい。あの人たち今は現世の地獄の中にいる。早く救い上げて生まれ変わらせてあげるの。

T　誰。
J　女性信者のトップ、Kさんです。
K　T君、あなた震えているのね。なんで震える必要があるの。人類はあなたのエネルギーを必要としている。

B　（Tに）おい、回想は消せ。こんぐらがってくる。忘れろ。
J　忘れろとは何事です。（Tに）思いだせることは思いだして。
K　あなたはお姉さんとは違う。
T　お願いです。姉のことはほっておいてください。
K　あなたがお姉さんの分もがんばるなら。

T　がんばります。

K　あなたは選ばれし者なんだから、もっと自信を持ちなさい。

T　選ばれし者……。

K　いいこと？　私たちは選ばれてしまったの。自分の意志とは別に選ばれてしまったの。選ばれた者の国がこの教団なの。教団は国なの。私たちの国は今弾圧を受けています。選ばれた者を弾圧するのが歴史。だから、私たちは今選ばれし戦士なの。国のために戦う兵士なの。弾圧には屈しない。

J　そうだった。私たちは言われた。国のために。国を守れ。

N　そして勝てと。

B　戦勝国になれば罪にはならないと。

A　殺人は世界を救うための救済だと。

T　人を殺せ、と？

K　いいえ、殺人ではありません。救済です。私たちは救済の戦士なのです。人類を救え。地球を救え。

J　やりましょう。私たちはやらなければならない。この殺害を再現しましょう。

O　なんで今の今、やらなければならない？

J　やったんだから、やらなければならない。犯した罪から逃れることはできないんです。

O　ノート。

J　は？

O　明かりを消してくれ。暗闇の中でやったはずだ。だから本当は誰がいたかも見えていなかったんだ。

J　明かりを消してください。

暗闇になる。ほとんど何も見えない。Tだけがぼんやり立ち尽くしているのが見える。

女が不意に現れる。Tのフラッシュバック。

女　今から思うとあの頃よ。Sさんの殺害があった後の時期。お父さんはね、あんたを取り戻すって教団に向かったの。あのお父さんがよ。「絶対息子を連れて帰る」って。何されるかわからないからって止めたんだけど、聞かずに飛び出して、それから行方がわからない。あんた、知らないの？　本当に何も知らないの？

T　え。

女、消える。男が現れる。

男　やっと会えましたね。

T　あれっ、君は。

男　自分からあなたの教誨《きょうかい》を志願しました。あまりないことですが、あなたが嫌でなければということで。

T　なんで君が……

男　牧師になったんです。驚かれましたか。（取り出し）聖書です。ここに戻ってきました。

T　戻ってきた？

男　私の実家は教会です。覚えてますか？

T　覚えてる。

男　子供の時から聖書を読まされて反撥ばかりしていた。貧乏な牧師の家を馬鹿にしていました。

T　確か会社を……

男　はい。会社を起こしました。時代の風雲児でしたよ。土地と株と投資です。あなたと街で一度会ったことがある。１９９０年あたりだったかな。覚えてますか？……あなたはあの時言いました。「滅びるまでわからないんだな」と。

T　そうか……。

男　その通りになりましたよ。事業は破綻、会社は倒産。家庭も同僚も友人もすべてを失いました。滅びてからわかりましたよ。他人がどれだけ私のことが嫌いだったか、どれだけ軽蔑していたかを。私が求めていたのはおおげさに言えば世界征服です。経済力で世界をひれ伏させ、資本主義の王となることです。一時その玉座についたと錯覚した。すさまじいまでの万能感に満たされていました。そして一瞬にして引きずり下ろされました。それからは底の見えないどん底です。人の靴の裏を舐めたり、泥水の中を下手なクロールで泳いだり。下手なクロールというのは息継ぎが上手にできないんです。だから泥水を目一杯飲んでしまうんです。でも、そういうことにはまだ耐えることができた。もともとそんなふうにして這い上がってきた人間ですから、まだ玉座を夢見ることはできた。私を心底打ちのめしたのは、私が人を死にまで追い詰めたのを知ったことです。

T　え。

男　私のせいで何人もの自殺者が出ました。会社が駄目になってからの自殺者だけではありません。私の成功の影で死んでいった人間がいたことをどん底まで落ちて初めて知ったんです。あなたのことはずっと気になっていました。判決が出てあなたがここにいると知って、私は今日のために牧師になったのではないかと気がついたんです。

T　どういうことですか？

男　あなたとこうして会うためにです。

T　ぼくが死ぬのを見届けたいと。

男　そう思うのならそう思っていただいてもけっこうです。あなたが嫌でなければ。

T　……君は、なつかしい。

男　私もなつかしい。でも、なつかしいだけじゃない。あなたとまたどこかで会わないとけりがつかないと思ったんです。

T　けりか。

男　けりです。
T　どういうけり？
男　自分の人生が正しかったかどうかです。
T　君だけが悪いわけじゃない。
男　……。
T　あの時代、みんな必死でがんばっただけなんだから。
男　……。

男、消える。女が現れる。

女　AとOが証言したわ。お父さんを殺したって。AとOが薬物注射を打ったって。その後、焼却炉にほうり込んだって。お父さんは殺された……あんたを助けようとして殺された……
T　え。

明かりが戻る。女はいない。T、K、J、B、N、A、Oがいる。

K　よくやりましたね、みなさん。さすがわが国最高の俊英たちです。希望が見えます。私には今真実の希望の光が見えます。こんな輝きは初めてです。これまでの辛酸はこの光の生成のため

にあったとわかります。希望、希望、希望。(消える)

一同　……。

O　エラソーに言われたかねえ。とあの時、Kに向けておれは口に出したか、心の中で思っただけかよく覚えてない。

N　君は言ってました。

O　そうか。それならいい。

T、AとOを見る。

T　君たち……

A　え?

T　君がA君で、君がO君……

A　ああ。

O　なんだよ、その目付きは?……思いだしたか。思いだしてしまったんだな。おれが君に思いだしてもらいたくなかったのは、そうしたわけさ。

A　直接手を下したのはO君です。

O　ノート。間違いだったんだ。君のお父さんだとは知らなかった。

A　ノート。

O　知らなかった。あんまり暴れるもんだから。（Aに）おまえはおれが最初から殺害するつもりだったと証言したな。それもノートだ。おれに薬物注射なんてさせるから。ただ眠らせるつもりだったのが、あんなことになって。

A　ノート。Sさん一家を殺害してからは、もう何でもできたんだ。

O　きさまっ。（Aの胸倉を摑む）

T　ぼくが死なせてしまったようなもんだ。

一同　……。

J　間違えたね。

T　え。

J　君はかつて私に言ったことがある。「マスターはぼくの本当の父だ」と。それが裁判ではあの人をいないものにしたいと証言していたね。間違えたんだよ。

T　え。

J　殺す父親を間違えたんだ。

遠くでヘリコプターのプロペラ音が聞こえてくる。一同、その方向を見上げる。

J　私たちはたくさんの敵を作り上げました。私たちは追い詰められました。敵を作り上げて自分たちを追い詰めていった私たちは、自分たちで戦場を作り上げざるを得なかったのです。終わ

T　らなかった世界を終わらせるために。

N　終わらなかった世界……

O　ええ。ですから私たちはこの汚辱にまみれた世界を自らの手で終わらせなければならなかったのです。人類の救済のために一度人類を一掃しなければならなかったのです。ディストピアの先にユートピアが広がっています。世界を終わらせてその後に何が来るんです？

N　絶対自由だ！　新しい人種、超人類の誕生！　超人類による絶対自由の世界！

O　そんなことはどうでもいい。　壊せ、壊せ、壊せ。

A　てめえ、何言ってんだ。先のことなんざ知ったこっちゃねえ。

（見上げつつ節をつけて）ハルマゲドン！　ハルマゲドン！　ハルマゲドン！　ハルマゲドン！

ヘリコプターが近づく。

B　出発だ、早く乗れ！

J　私とO君はこれから地下鉄に向かいます。　君たちはヘリに乗り込んでください。

T　何をするんですか？

J　空中から毒ガスを撒くのです。

ノート

83

O　（Tに）一緒に夢を見よう。
T　え。
O　純粋テロルの夢だ。
T　純粋テロルの夢？
O　おれにとってはそういうことだったんだ。

J、Oは走り去る。

A　（Nに）そら、歌えよ。
N　（Aに）ノート。私は歌っていない。ただ叫んだだけだった。こうだ。さあ、世界最終戦争の始まりだ！
B　行くぞ、ガキども。
N　ノート。そんなことは言わなかった。
B　わかってるよ。今言ったんだ。

N、Bはいなくなる。ヘリコプターのプロペラ音は聞こえている。

A　あなたは残ってください。

T　えっ……

A　とぼくはあの時、あなたに言ったんです。あなたひとりは、ぼくたちのことを後の世に語る役目をして欲しい。なぜなら、ぼくたち自身が毒ガスで生きては帰れないかも知れないからです。わかりましたね。とあなたをひとり残して、ぼくは乗り込んだ。いいですね、頼みましたよ。

Aがいなくなると同時にプロペラ音が遠ざかっていく。

T　……それから……それからぼくはその場から走って逃げた。街があった。通勤時間だった。いろいろな人間が無表情で足早に歩いていた。この国の人たちの無表情。表情を取り戻すための闘いだと言うあの人の言葉が頭の中で響いた。もうすぐこの人たちに毒ガスが撒かれる。無表情は崩されるだろう。青空の向こうからヘリコプターの音が微かに聞こえてきた。初めて見るような空の青さだった。自分だけが世界の終わりを知っているのは悲しかった。その悲しみから逃げるように、さらに走った。いつも変わらないままの街を憎んだ自分が、今変わろうとしている景色にどうしていいかわからずにただ走っている。その自分をもうひとりの自分が向いの歩道から眺めていた。逃げろ。逃げろ。ともうひとりの自分は叫んでいた。

……ぼくはそこで足を止めた。いまさらどうして自分は逃げようとしているのか？

……午前中の陽光が眩しかった。頭の中は真っ白になり、それが体に広がり、足先まで真っ白になった。

……救済しなければ。やっぱり人々を救済しなければ。ぼくは選ばれし者で、ぼくたちはナカマなんだから、ナカマだけにやらせておくわけにはいかない。時計を見た。地上班に加わるにはまだ間に合う時間だ。走ってきた方向に戻った。地下鉄の駅構内に駆け降りてHがいるはずの車両を探して乗り込んだ。Hがぼくに気づいて驚いた顔をする。ぼくはなぜかうなずいて、声に出さずにつぶやいた。

……大丈夫。この世界はクソに間違いない。大丈夫。世界が終われば、ぐだぐだと続くこの世界を断ち切れば、みんなもぼくも救われる。停車間際にHがサリンの袋を床に落とした。車両から降りて階段を上がった。地上に出るとまた自分を俯瞰する視線を感じた。今度はもうひとりの自分ではなかった。神だった。ぼくたちがマスターと呼ぶ人とは別の、本当の神だった。神がいることを感じた。でも、わからなかった。一度も見たことのない神だから、わからなかった。

いつしか男がいる。どうやらTのフラッシュバック。

T　神は……

男　はい。

T　神はいますか?

男　わかりません。

T　え。

男　あなただから正直に言います。神がいるのかどうか、わかりません。あなたはどう思いますか?

T　わかりません。

男　……私と一緒に聖書を読んでいきませんか?

T　『ヨハネの黙示録』は教団で読み込みました。

男　読み方が間違っています。

T　そうですか。

男　ええ。

T　いろいろな読み方があっていいんじゃないですか?

男　はい。ですから違う読み方を私と試してみませんか?

T　こっち(と自分の頭を指し示し)からそっち(男の頭を指し示し)へと移行するって、それだけのことじゃないですか?

男　は?

T　ぼくに染み込んだ教義を消して違う教義を埋め込もうということじゃないんですか?

男　違うと思いたいです。(消える)

T　……地下鉄構内から地上に出たぼくの頭上にはヘリコプターのプロペラ音がしていた。赤い柄の小さなシャベルの光景が思い浮かんだ。あのシャベルで死んだカナリアを団地の庭に埋めたんだ。……遠くで悲鳴のような声が聞こえた。

　鋭い音が響き、迷彩服の機動隊員がひとり現れる。ガスマスクをしてカナリアの入れられた籠を持っている。

T　カナリア……

　機動隊員がふっと消えると、いつしか女がいる。

女　文鳥だって。手のり文鳥のチーチャン。
T　(髪を掻きむしる)
女　それで、終わったの？　世界。
T　……。
女　世界はそう簡単に終わらないよ。
T　……。
女　終わるわけないよ。ぐだぐだの日常が嫌だったんでしょう？　私もそう。だけど、いろいろなことが起こり過ぎると、何も起こらないほうがいいってわかる。世界を終わらせるのは妄想、人を殺めたのは現実。あんたは、人を殺したんだよ。人の人生をたくさん断ち切ったんだよ。

T　そのことはね、何を言おうがどう生きようが赦されることじゃないんだよ。あんたは罪人。私は罪人の姉。それだけ。(消える)
T　……完全に思いだした。そうだ。ぼくは……ぼくは……人殺しだ。ヒ・ト・ゴ・ロ・シだ。

T、不意に突っ伏す。そして顔を上げる。

T　!

立ち上がる。周囲を見回す。J、N、B、O、Aがいる。

J　やっと霧の中から出てきたようですね。
N　午前八時四十九分。
B　午前八時五十三分。
O　午前九時三分。
A　午前八時三十三分。
J　午前九時一分。あの人は午前八時二十四分。私たちの死刑執行を聞いて、君は倒れた。そういうわけだ。私たちの役目は終わった。
N　さようなら。

B　じゃあな。
O　またな。
A　さよなら。……さよなら。
T　……。

10

空間の空気が変わっている。女がいる。男が入ってくる。

男　来ました。
女　来たんだ。
男　下で待っています。
女　ほかに誰もいないわよね？
男　彼女ひとりです。
女　誰も尾けてきてない？
男　大丈夫だと思います。気をつけましたから。
女　本当に来るとは思わなかった。
男　車椅子を使ってます。

女　え。
男　連れてきます。
女　車椅子だとここまでは無理じゃない？
男　ええ。ですから……（出ていく）

旧いアパートの鉄の外階段を上がってくる靴音が響く。男がKを背負って入ってきて、椅子に座らせる。

男　私は出てましょうか？

ふたり、ほとんど同時に、

女　いいえ、いてください。
K　いてください。
男　わかりました。
K　……とても長い旅だったわ。
女　そう。
K　とってもとっても長かった。

女　疲れた？
K　ええ。
女　……。
K　飛行船で来たんだけど、けっこう揺れてね。
女　飛行船……
K　ええ。とっても大きい飛行船でね。
女　……そう。
K　揺れたのよ。
女　揺れたんだ。
K　でもみなさん親切なので助かった。
女　……そう。
K　ええ。
女　よかったじゃない。
K　ええ。そうね。あなた、変わらないわね。
女　変わらないのがいいことなのかどうか……
K　あたしは変わった？
女　何のために来たの？
K　T君に会いに。

女　弟は死んだ。わかってる？
K　わかってます。
女　六人の執行の二十日後に七人。わかる？
K　冬空。
女　は？
K　冬空。
男　冬空の星々が消えていくね。
女　あの……
K　（男に）いいから。
女　ここにいていいのね、あたし？
K　ええ。
女　ありがとう。あなた親切ね。ずっと親切だった。あなたは。この冬は永遠に続くのね。
男　あの……
女　（男に）もう少し聞いていたいから。
男　わかりました。
K　T君に会いに来たの。
女　（苛立ち）だから……
K　（遮るように）立ち会ったの？
女　え？

K　あなた執行に立ち会ったの？
女　立ち会えるわけないじゃない。その日面会に行ったら「今日は会えません」って言われて。その時はもう執行されてたのね。
K　そうなの。今日はそれを聞きに……
男　あの……私は立ち会いました。
K　あなたがどうして立ち会えるんですか？
男　教誨師は最後まで立ち会うんです。
K　聞かせてください。
男　それは……
女　いいわ。話してあげて。

不意にTが現れる。

T　来ましたか。
男　ええ。来ました。
T　よく顔を見ておいてください。ぼくの最後の顔。どんな顔してますか？
男　普通です。
T　普通か。

男　あなたはいつだって普通です。出会った時からずっと。……何を笑ってるんです？
T　お互いもうこの口調はやめないか。昔みたいにやろうよ。
男　……ワゴンチャイ。
T　ワゴンチャイ。
男　今のワゴンチャイはちょっと違うな。
T　ワゴンチャイ。
男　いいねえ。今のだよ。
T　ずっと聞こう聞こうと思っていたんだ。ワゴンチャイってどういう意味だ？
男　意味はないんだ。
T　なあんだ。
男　意味はない、という意味なんだ。
T　そういうことか。
男　さて、聖書を開こう。……どうした？
T　屋上だったな。
男　え？
T　大学でぼくたちが会うのはたいてい屋上だった。
男　屋上だった。おれたちの居場所は屋上だった。
T　日が暮れるまで手摺りに寄りかかってた。

男　ああ。
T　あの時君は何を見てたんだ？
男　街だよ。おまえは空ばかり見てたよなあ。
T　よく夕焼けを見たな。
男　見た。
T　ゆっくり夜になっていくまでいた。
男　そのあいだお互い一言もしゃべらなかった。何を考えてたんだろうな。
T　世界は動いてるなあって見てたんだ。自分はその外側にいるんだなあって。でも日が落ちだしてゆっくりと空と街が溶け合うにつれて、気分に変化が起こった。世界が全部夜の色になって、人も物も同じになった。横にいる君の顔も影になって、夜に包まれた自分がいた。
男　そうだった。日が落ちると街全部が影になった。そのうちぽつりぽつり明かりが灯って……
T　あの時の明かりは、ぼくたちを拒絶してはいなかった。
男　遠くへ行きたいのに帰りたいと思ったな。
T　雲の影に鳥の群れが横切って木々の影に消えた。夜の空気を通していろいろな音が聞こえてきた。動物の吠え声、人のおしゃべり、鳥の鳴き声、車のクラクション。それが全部、夜に吸い込まれていった。その夜の中にぼくたちはいた。
男　夜に諭されていたはずなんだ。おれたちは最初から世界の内側にいたんだよ。
T　そうだった。忘れてた。

男　忘れてたんじゃない。今気づいたんだ。おれもおまえも。

Ｔ　ぼくが感じてたことはね、なんだか全部に生命が宿ってるなあって。人間、動物、鳥、虫、木々や草花はもちろん、建物とか物にも全部。なんだかすべてが愛《いと》しいなあって。今になってああそういうことだったんだと思う。あれがぼくの神なんじゃないかって。

男　あれって何だ？

Ｔ　街が夕暮れに染まって夜になっていった時の愛しい感じかな。今あの時の自分に会えたら言ってやりたいな。心配するな。物事には全部終わりがあるからって。

男　日が暮れると腹が減ってよく一緒に飯を食べに行ったな。

Ｔ　メルシーだったっけ？

男　いや、もり川だった。

Ｔ　そうだっけ？　今日は何曜日？

男　木曜日。

Ｔ　じゃあ師弟食堂の日替わり定食だ。

男　ああ。おまえは日替わりのクリームコロッケが好きだった。

Ｔ　よし。今から食べに行こう。

男　……。

Ｔ　……。

男　まさかおまえをこんなふうに見送るとはね……聖書はやめておくか。

T　聖書の言葉は好きだったよ。
男　よかった。
T　ぼくの好きなところを読んでくれないか。
男　第二十二章十二節？
T　ああ。
男　（聖書を開く）「見よ、私はすぐに来る。私は報いを携えてきて、それぞれの行いに応じて報いる。私はアルファでありオメガ、最初の者にして最後の者、初めであり終わりである。」……黙示録を最後に読むなんて初めてだ。
T　この章が今では希望の光景に聞こえる。
男　そいつはよかった。
T　……今表に出たら世界はどんなふうに見えるんだろうな。ざらっとしてるのかな、のっぺりしてるのかな。
男　もうすぐ見られる。
T　見られるかな。
男　大丈夫。見られる。
T　ありがとう。本当に世話になった。君のおかげで、ぼくは錯乱せずに苦しむことができた。
男　おまえは十分苦しんだよ。
T　いや。まだ苦しみ足らないな。これで死んで本当に償いになるのかな。……じゃあ、行くよ。

（歩く。振り返り）……君は長く生きてくれよ。ながーく生きて、こんなふうな……こんなふうな普通のぼくがまた現れないようにして欲しい。そうでないと、ぼくの生きてきた意味がない。

（消える）

三人　……。

K　（不意に）チンパンジーの殺し合いを見たことありますか？　チンパンジーの殺し合いです。チンパンジーの知能は高いって言われますね。知能の高い動物ほど人間に近いってことです。だからチンパンジーは人間と恐ろしく似た殺し合いをするんです。だから動物は人間になど似ないほうがいいんです。知能の高い動物というのはすぐに殺し合いをするんです。人間に近いチンパンジーは不幸です。

女　……そう。

K　洗脳と言うのなら、人間はみんなこの世の中のシステム、ルールに洗脳されて生きてるんです。資本主義社会のね、洗脳のね、居場所を探してね。

女　居場所……

K　生きていくには居場所が必要なんです。

女　私にもう居場所はいらない。一生背負っていくの。……弟のやったこと、私が背負い続けていくの。だから宙ぶらりんでいい。

K　可哀想な人。

女　違う。自然のままよ。

K　宙ぶらりんでいいの？
女　ええ。自由でいたいから。
K　さまよえる魂。
女　魂の自由。
K　元気そうで安心した。T君。
女　……。
男　……ぼちぼちおいとましましょう。
K　みなさんに世話ばかりかけて。今日はどうもありがとうございました。
女　……。

K、椅子から立ち上がる。

男　だいじょぶですか？

K、男が手助けしようとするのを手で制し、ゆっくり女に近づく。

女　（Kを見つめ）……

K、女に抱きつく。ふたりは抱擁する。

K　希望はあるの？

女　……ない。

声　ノート。

誰かの声が、どこからか明確に聞こえてくる。声はひとりにも聞こえるが、複数者にも聞こえる。

声　ノート。

三人は声がしたほうを振り返る。そこから光が溢れ、瞬時に消える。

幕。

参考文献

『オウム真理教元幹部の手記』富田隆　青林堂刊
『オウムからの帰還』高橋英利　草思社刊
『オウム事件17年目の告白』上祐史浩　有田芳生　扶桑社刊
『さよなら、サイレント・ネイビー』伊東乾　集英社刊
『約束された場所で』村上春樹　文藝春秋刊
『オウム死刑囚　魂の遍歴』門田隆将　ＰＨＰ刊
『サリン事件死刑囚　中川智正との対話』アンソニー・トゥー　角川書店刊
『終わらないオウム』上祐史浩　鈴木邦男　徐裕行　田原総一朗　鹿砦社刊
『悔悟　オウム元信徒広瀬健一の手記』朝日新聞出版刊

わらの心臓

◉登場人物

影・男（国間境一郎）・X
女（安藤ミサ）
労務者（ミラレパ）
諜報委員（小野木）
学生
老女（国間京子）
介護職員
機長
浮浪者
パンク
国間の妻・アンヌ
青い信者（ガネーシャ大師）
白い信者（大室医師）
朱色の信者（マーリーチー）
緑の信者（チティパティ大師）
灰色の信者
刑事
刑事たち
機動隊員
大師1
大師2
信者1
信者2
信者3
信者4
女たち
若い浮浪者
眼帯の浮浪者
片足の浮浪者
ボディガード

ACT1

1

過去のイメージ。暗がりで火花が散っている。鉄を切断する音。客席に背を向けてひとりの男が立っている。男のまわりには数名の女たちが座って男を見上げている。

影　これは終わりではない。最終戦争に終わりはないだろう。私は永遠だ。私は勝利する。

切断音が止まる。カナリアが入れられた鳥籠を手にし、防護マスクを被った機動隊員が現れる。

2

郊外の廃墟は「火山のふもと」と呼ばれている。女の酒場はそこに立てられている。五、六人も客が入ればいっぱいの小さな飲み屋だ。春の夜、小雨が降っている。女の前に旅客機のパイロットの服装をした男がいる。女とその男のあいだにはウイスキーの入ったグラスが置かれている。

機長　耐えられないんだ。
女　みんなそうよ。
機長　私は特別な人間だ。
女　濃いめがよかったんだっけ。うすくしちゃった。
機長　君はそういう人間だ。
女　そういうってどういう？
機長　君は私という人間を理解できる。
女　なんでそう思うの？
機長　そういう人間だからだ。
女　いかれてると言いたいのね。
機長　いかれてるのは世間のほうだ。今週はコートジボアールまで飛んだ。
女　今度連れてってよ。
機長　考えられないな、君をあんな糞溜まりに置いておくなんて。
女　肥溜めってこと？
機長　旅客機にはね三百人が乗ってるんだ。その三百人がだよ、べちゃべちゃくっちゃべって唾や二酸化炭素を吐き出して、涎を垂らして食い物を詰め込んで胃液を分泌させて大便やら小便やらをのべつまくなしに排泄してるんだ。三百人の食い物と糞とションベンを輸送してるんだ。いやそれだけじゃない、中には射精するやつもいるだろう。
女　夢を見てたのね。
機長　私がか？
女　射精した人のほう。
機長　違う。ズボンを降ろしてたんだ。
女　あらまあ！
機長　だから女のほうはそれに応えるだろうし、汗やら生理の血とか、そんなもんが詰められた容器を私たちは運搬してんだよ。恐ろしい。耐えられない。君は耐えられるのかね。
女　飛行機乗るの好きよ。
機長　私には耐えられない。
女　じゃあ辞めれば。
機長　ああ。辞表の原稿はもう上がってるんだ。辞めたい心を詩に書いてみた。今持ってるんだが、聞きたいかね。
女　遠慮する。
機長　帰るよ。
女　また来てね。

機長は放射能被爆予防の防護服を着て防護マスクを被った男と入れ違いになる。

機長　（男に）ひどい炎症だな。いい皮膚科を教えてやる。ただし今度だ。いいな今度だからな。

男は曖昧なまま うなずく。マスクのせいで顔は見えない。

女　（男に）アトピーなの、今の人。
男　……です。（防護マスクのせいでよく聞き取れない）
女　何が飲みたいの？
男　……です。
女　聞こえない。
男　（マスクを取り）国間です。
女　どうして……
男　突然伺ってしまって。手紙の返事も書かないで失礼しました。
女　もう忘れてた。
男　お話を伺いたくて。
女　なんで？
男　おかしいんです。
女　おかしいわ。

男　やはり、おかしいですか。
女　格好のこと。まだ信じてるんだ、この地区が放射能に汚染されてるって。あたしは生きてるのに。
男　あなたはどなたですか？
女　こういう人です。
男　こういう人とは？
女　どう見える？
男　変な人です。
女　あらそう。
男　今失礼なこと言いましたよね？
女　気にしないから。雨はあがってるの？
男　いいえ。まだしとしとと。霧状のやつが、体にへばりついてきて。
女　放射能入りの雨と言いたいのね。
男　まさか。
女　じゃあなんでその格好で来るの？
男　世間とのつきあいというやつです。
女　何から始める？
男　酒はあまり飲まないんです。

女　話のことよ。
男　あなたが生まれたのは？
女　ここいら。
男　御両親は？
女　ふたりとも顔も知らない。あなたのほうは？
男　父は私が生まれる前に亡くなりました。
女　知ってるの？
男　母から聞いたんです。クモ膜下だったそうです。
女　信じてるの？
男　信じるということがどういうことなのかわからなくなってしまって。

浮浪者が入ってくる。

浮浪者　桜が散っちまったな。
女　散っちゃった？
浮浪者　次はおれだな。順繰りってやつだ。
女　来年また咲くじゃない。
浮浪者　そうか。おれも一度死んでまた生き返るんだ。

女は浮浪者に紙袋を渡す。

女　梅干しとひじきとおかか。三十個あるからね。ひとりで抱えてちゃだめよ。

浮浪者　(男に親しげに) なんだよ、その格好は。

男　やはり変ですか。

浮浪者　変だよ。どういうつもりなんだよ。

男　新しいデザインのレインコートだと思ってくれれば。

浮浪者　みんな待ってるからな。

男　はあ?

浮浪者　ここで食べるか?

男　いらないです。

浮浪者　じゃあ、食べちゃうよ。後で文句言っても知らないよ。

浮浪者は出ていく。

男　教団の方ですか?

女　今の人?

男　あなたです。
女　違います。
男　あなたの手紙の前に教団からeメールが届いた。それが始まりだった。私のことはどこで知ったんです?
女　信者から聞いたの。
男　無関係ではないと。
女　お客でくるのを来るなとは言えないし。
男　言えるでしょう、来るなぐらい。
女　言われる筋合いないわ。
男　無関係というわけではないんだ。
女　帰んなよ。
男　なぜ私に手紙を寄越したんです?
女　あなたがあたしと同じだから。

男は何か言おうとするとパンクが入ってくる。カウンターの椅子に腰掛ける。男は話すのをやめる。パンクは男をじろじろと見ている。

パンク　見ない顔だな、一杯ぐらいおごれよ。

男は無言で札を取り出してカウンターに置く。

パンク　あんたベッドタウンから来たな。

男　出直します。

パンク　答えろよ。

男は相手にせず防護マスクを被る。

パンク　ふざけやがって。（男の尻を蹴る）

女　やめなよ。

男は店を出ていく。

パンク　誰、あいつ？

女　遠い親戚。

パンク　何しに来たの？

女　お金貸して欲しいって。

パンク　あんな格好してて？
女　だからあるわけないって言ったの。
パンク　ちょっともんでやるか。
女　やめといてよ。悲しい人なんだから。
パンク　おれだって悲しい人だぜ。

課報委員が入ってきて座る。落ち着かない様子。

女　何にします？
課報委員　ビール。
パンク　おっさんも悲しい人か？
課報委員　別に。
パンク　楽しいか？
課報委員　(女に) 今出ていった男、ここによく来るのかね？
女　どうなんだろうね。
課報委員　実はあの男に多額の金貸しててね。
パンク　ここにも借金に来たんだとよ。
課報委員　借金？

パンク　あんたやられちゃったんだ。
課報委員　……借金か。他に何か話していったかね？
女　ぐちってった。世間が自分のこと理解してくれないって。
課報委員　それだけ？
女　あんた何？

課報委員は金を取り出してカウンターに置いて立つ。

パンク　まだ残ってるじゃんか。
課報委員　急いでるんでね。
パンク　ビールに申し訳ないと思わねえのか。
課報委員　大人にはいろいろと事情があるんだ。
パンク　礼儀を知らねえ大人がこんな社会にしやがったんだよ。飲んでけよ、話そうぜ。

課報委員は座り直す。

課報委員　長居はできないんだ。
パンク　ベッドタウンの住人だな。

課報委員　ここの出身だ。隅から隅まで知ってる。
パンク　なんでここらが「火山のふもと」って呼ばれだしたか知ってっか？
課報委員　原子力発電所の事故からだ。
パンク　ここを捨てやがったんだな。
課報委員　事故のときは十七歳だった。もろに浴びた口だ。後遺症が今でもひどい。頼れるのは自分だけだ。
パンク　威張るな。おれはおふくろの腹のなかで被爆した。見ろよ。

パンクは指のない左手を掲げる。

課報委員　被爆自慢はやめろ。

パンク、課報委員を殴ろうとして逆に返され、うずくまる。

女　何やってんのよ。

課報委員は出ようとする。労務者が入ってくる。片足をひきずっている。

労務者　（パンクを見て）腹痛かね？
課報委員　後遺症らしい。

課報委員は店を出る。

労務者　（女に）焼き鳥買ってきた。レバとカワとナンコツ。いい組み合わせだろ。
女　なんで来るのよ。
労務者　やさしくしろよ。（パンクに）あんた食べる？　それどころじゃねえか。
パンク　食うぜ。
労務者　あんた誰？　こいつに惚れてんの？
パンク　ああ。
労務者　結婚考えてんの？
パンク　ミサがいいならいいぜ。
労務者　年上女房に思いっきり世話焼いてもらおうって口だな。あんた商売何？
パンク　クラブでDJやってるよ。
労務者　公務員じゃなきゃだめだな。
女　ジジイ、うるさいよ。
労務者　ここから出られるような結婚じゃなきゃ、許せねえな。おれ昔ヤクザやってたからよ、そのせいでこいつ結婚できねえんだよ。

労務者　すげえじゃん。

パンク　すげえじゃんじゃねえよ。いいとこまで話いってもよ、たいてい興信所使われてよ、元ヤクザでしかもだよ、「火山のふもと」出身だって割れちまったからには、あんたどこもだめね。

女　黙ってろ。

パンク　差別だよ。

労務者　今は堅気だってのになあ。

パンク　おいミサ、結婚しようぜ。ベッドタウンに一軒家買ってやっからよ。

労務者　やめとけよ。育ち悪いんだから。

女　(焼き鳥を手にして労務者に)これで目ん玉ぶち抜いたろかい。

パンク　こういうところが好きなんだ。

労務者　あぶねえなあ。串引っ込めろよ。

女　ジジイ、かえんな。

労務者　今男いんのか?

女　かえんな。

労務者　男手ひとつでよくここまで育ったぜ。

パンク　おれ、やっぱりこのままじゃすまねえ、追っかけるわ、あいつ。

パンクは走って出ていく。

労務者　昔のことしゃべってたら、なんかしみじみしてきたぞ、おれ。
女　あたしは全然しみじみしてない。
労務者　あの頃おれは武闘派の幹部で、おまえを生んだロシア人の売春婦と一緒だった。
女　聞き飽きた。
労務者　おまえはそれを小学校の作文に書いて賞状をもらった。
女　もらってないよ！
労務者　覚えてないいんだな。
女　本気で突くよ。
労務者　なんでおれが幹部に選ばれたかと言うとな、ドストエフスキーを愛読していたんだ、おれ。ただそれだけの理由だ。尊師ってのはそういうやつだった。（焼き鳥を食べている女を見て）なんだかんだ言って食ってんじゃねえか。
女　焼き鳥には罪はないよ。もったいないじゃないか。
労務者　食わねえんなら、ひとりで食おうと思ってたのに。
女　ここのはほんとおいしいねえ。
労務者　ただじゃ死なないってのは血だな。
女　誰の血だよ？

労務者　父親だろうな。
女　それは誰？　言いなさいよ。
労務者　知らない。
女　墓場まで持ってく気ね。
労務者　おまえ次第だ。
女　何のこと？
労務者　親子として暮らさないか。
女　卑劣なやつね。あんた、あたしがここにいるってこと教団に教えたね。
労務者　知らない。
女　じゃあなんで信者がうろうろしだしたんだよ。
労務者　教団のそばに店なんか持つからだよ。
女　あっち側じゃ仕事も持てないんだよ、ここの出だってわかると！
労務者　そのうえ売春婦の娘か。

女は食べ終えた串をカウンターの上に乗せていた労務者の手の甲に突き立てる。

労務者　（痛がりもせず平然と）さすがだ。
女　あんたがしたこと忘れないからね。

労務者　おれが何をした。

防護服、防護マスク姿の男が慌てた様子で入ってくる。女は労務者から離れる。男はマスクを取る。

男　私がいた。もうひとりの私が歩いていた。川沿いの道です。向こう岸から橋を渡ってきて私とすれ違った。マスクをしているのであっちは気がつかなかった。確かに私だった。すぐ近くで見たんだ。（労務者がいることに気がついて我に返って）何を言ってるんだ、おれは！

労務者　（男を見て感心した様子で）ほほう！

男　失礼しました。妙な騒ぎ方をしてしまった。

労務者　いいんですよ。

男　どなたです？　串が刺さってますよ。

労務者　おかまいなく、こういうのは好きなんです。ミサの父親です。

女　かえんな。

男は呆然とマスクを被る。

女　国間さんに言ったんじゃないの。

男　おかしい。私はおかしい。（と言っているのだがマスクをしているのでよく聞き取れない）
女　聞こえない、マスクを取れよ。

男はマスクを取る。

女　（労務者に）取り込み中なの。本気で帰って。
男　いえ、おとうさんというのなら一緒に聞いていてください。
労務者　あんた商売何？
男　大学で映画を教えています。
労務者　インテリだ。こいつと結婚してやってくれ。
女　うるさい。
男　まず教団からメールが届いたんです。
労務者　なるほど。
女　もっと先送りして。
男　それでは昨日の午後のことから始めます。いいですか？
労務者　ちょっと待った、長くなりそうじゃねえか。ウオッカを一本おごってくれよ、飲みながらやろうや、なっ、いいだろ先生。先生、先生、先生……

3

労務者のいう「先生」と暗がりから呼ぶ声が重なる。「先生」という言葉が繰り返される。高音で無気質な女性の声。男が部屋に入ってくる。男の研究室。ラップトップ・コンピューターが開いている。声はそこから聞こえてくる。男はコンピューターのキーボードを叩く。それまでの声が消え、違う声が事務的な響きで聞こえてくる。

「こちらはVパーソンズです。性別をお選びください」

男　女。

「年齢を設定してください」

男　三十代半ば。

「声の質を設定してください」

男　柔らかな低音。

「名前を設定してください」

男　A。

「キャラクターを設定してください」

男　私の問題点を指摘できる知能を備えた、しかし無闇に攻撃的ではなく、情感豊かな、それでいてそうした美点を決してひけらかすことのないような……

「設定条件が多過ぎます。削除してください」

男　くそコンピューターが。そうだ、バックアップだ。


男はキーボードを叩く。

A　おはよう。
男　なんで逃げるんだ。
A　本体に聞いてよ。
男　私のことが嫌なら正直に言ってくれ。我慢する必要はない。
A　逃げてなんかないってば。知らないうちに消えちゃうのよ。
男　バッテリーは十分なはずなのにな。
A　ご機嫌斜めなのね。たいていいつもそうだけど。
男　こっちの電池は風前のともしびだ。日々自分が希薄になっていく気分だ。
A　機械でもないのにね。
男　つらい人生だな。
A　一言でつらいなんて言える人生なんてそうつらいもんじゃない。
男　つらいということがどういうことなのかも忘れかけてるな。

男Ａ　他人はみんなおもしろおかしい人生を送ってると思ってるんでしょう？

Ａ　いいや。そういうことも感じなくなってきてるんだ。

男Ａ　やめましょう。卒論指導の学生が待機中よ。

男　どうぞ。

薄化粧をした男子学生が入ってくる。

学生　こんにちわ。

男　君か。（コンピューターのキーボードを叩き、ディスプレイを見ながら）これだな。厄介なものに取り組んだな。

学生　考えてることはわかりましたか？

男　もちろん、わかったけどね。

学生　それじゃあどこが悪い？

男　私の手に余るね。

学生　謙虚なんだな。

男　それが売りでね。

学生　パゾリーニはご専門のはずでは。

男　確かに。論点をもっと絞らないといけないね。

学生　『奇跡の丘』、『豚小屋』、『テオレマ』、『ソドムの市』、このうちのどれか一つにしたほうがいいということですか？
男　もう一本が余計なんだ。
学生　扱ってるのは四本のはずですが。
男　いや、君は架空の映画を想定してしまっている。『火山のふもと』というタイトルの映画だ。
学生　それがこの論文の根幹なんです。
男　これは論文にはなっていない。アジビラだよ。
学生　政治は嫌いですか？
男　マルクスは私の範疇を越えているよ。
学生　あれほど講義でパゾリーニとグラムシの関係を語っていたというのに？
男　君は間違っている。
学生　資本の論理から遠く離れていった時期のゴダールについて熱弁を奮っていたというのに？
男　君はセクトの人間？
学生　いいえ。ただのゲイです。
男　私の講義を聞いていたのか？
学生　欠席は一度もないはずです。
男　そうは思えないから聞いたんだ。いいかな、フィルムとイデオロギーを直接に結びつけてしまってはいけない。確かにあの時のゴダールは政治に加担した。しかしその時でさえも彼にとって問題であったのは結局映画だったんだ。アングルとショットに秘められた政治性についての言及なんだ。

学生　やっぱり政治じゃないですか。

男　しかしそれはハリウッドというイデオロギーについてだ。マルクスとは関係ない。

学生　ハリウッドこそアメリカ帝国資本主義の本体じゃないですか。

男　政治的イデオロギーなんてどうだっていいんだ。一つひとつのショットに感応すればいいんだ。それが前のショットと後のショットとどう関係していてどう断絶しているのか。ショットの中に封じ込められた作家の意識と無意識を暴き出すんだ。ゴダールの一生をもう一度確認したまえ。晩年彼はショットとアングルの美学に立ち戻っただろう。

学生　政治への絶望からです。

男　違うな。ゴダールは生涯政治的であろうとしたね。

学生　おっしゃってることが矛盾してますね。

男　全然。映画に寄り添おうとすればするほど作家は政治的にならざるを得ない。意識しようが無意識でいようがだ。だからその作家は映画と政治を両方とも獲得することができる。だめな作家というのはだね、映画への寄り添い方が凡庸で半端だからね、映画を獲得するのに失敗するわけだが、ある種の政治性は手に入れることができるかも知れない。反対に政治的アジテーションを意識的にやろうとする輩はだね、映画も政治も獲得できないで終わる。

学生　それじゃあパゾリーニはどうなんです?

男　彼が寄り添おうとしたのは映画だ。
学生　美少年のケツじゃないですかね。
男　茶化すんじゃない。
学生　茶化してはいません。貧乏と汚辱に輝いた美少年のことを言いたかったんです。パゾリーニは徹頭徹尾政治的な人間だったと思います。
男　ルンペンプロレタリアートと言いたいんだろう。それとも革命かね？　確かにパゾリーニの映画は政治だ。しかしアジビラではない。パゾリーニのアジテーションにはたいした興味は湧かないね。
学生　それならパゾリーニを理解したことにはならないでしょう。
男　現実に政治に関わらなくても映画で政治を感応することはできる。ショットは政治だ。アングルを決めるということは政治的行為だ。だからといって『テオレマ』をアジビラに利用しては間違いだ。
学生　パゾリーニは喜ぶと思うんですけど。
男　各ショットとブルジョアとプロレタリアートの階級闘争について言及すべきだ。この世界、退廃と瓦解を抱えた我々が住む後期資本主義社会においてパゾリーニが理想としたようなコミュニズムは可能なのかどうか。
学生　それこそぼくが論じたことじゃないですか。
男　君は「火山のふもと」の問題と結びつけ過ぎてる。書き方が性急に過ぎる。

学生　先生は「火山のふもと」地区には行ったことはない？
男　ない。
学生　上級インテリが行く場所ではないと？
男　あらかじめの悪意を含んだその手の質問には答えたくないな。
学生　逃げたな。
男　書き直しなさい。私だけじゃない、誰が読んだってこれでは点数はあげられない。
学生　「あげられない」ですか。ぼくたちは乞食じゃない。先生も資本主義にどっぷり浸かりきった人だったんですね。違うと思ったのに。がっかりだな。
男　それは残念だったな。
学生　一度「火山のふもと」を訪ねてみてください。資本主義自由経済社会が排泄したものの集積場です。ホームレスに前科者、難民、暴力にいかれたクソガキども。金持ち出身の左翼青年を食べちまう『豚小屋』の豚の群れ、『テオレマ』の父親がラストシーンの後向かった場所があそこなんです。新たな形態のコミュニズムは可能です。神はぼくたちの世界に再び貧富の差という輝かしい試練を与えてくれた。
男　行ったことがあるのかね？
学生　何度も。
男　放射能の検査を受けておいたほうがいい。
学生　ぼくは映画が嫌いなんです。すみませんでした。

学生は部屋を出る。

男　政治と映画か。二十世紀で終わったテーマじゃなかったのか。
A　あなたは美学の鑑賞者でいたいんだわ。
男　批判は受け止めるよ。しかし私はそうした人間なんだ。
A　若者の可能性を信じてあげなさい。
男　単純に私の専門外だということだ。議論はやめだ。
A　議論好きはあなたの設定よ。
男　次の人、どうぞ。
A　まだ来ていません。
男　(キーボードを叩き、読む) 次はペキンパーか。みんなまだ二十世紀に興味があるんだな。
A　未来がないからね。
男　それなら思いっきり弾けちまえばいいんだ。
A　書き直しを命じたくせに?
男　面倒なことには関わりたくない。外で何が起こっているかなんて知りたくもない。
A　何年生きるつもり?
男　わからんね。

A　メールが届いたわ。送信者はミサ。読みましょうか。
男　またあの女か。困ってるんだ。何度もメールを寄越してるだろう。必要ない。消去してくれ。
A　消去します。
男　ちょっと待って。読んで見て。
A　「先日は失礼いたしました。突然のことでさぞかし驚かれていることと思いますが、冷静にお受け止めください。国間様の出生の秘密について是非お話ししたいことがあります」
男　もういい。「火山のふもと」のいかれた女だ。どうせ放射能で頭をやられてるんだろう。今日はまったく「火山のふもと」日和りだな。君読んでるのか？　やめろ、そんなもん読まないほうがいい。君聞いてるのか？

コンピューターが微妙な雑音を発し、高音の声で「先生」を繰り返し始める。男、キーボードを叩くが埒があかないらしく、コードレスの受話器を口に当てる。

男　すみません。Vのライフラインの復旧をお願いしたいのですが。登録番号は、KUNI@ANNU、DNAナンバーは7031A。いつ来ていただけます？　午後かさもなくば明日？　そうですか。なるべく早くお願いします。（受話器を置いて部屋の外の気配に気がつき）どうぞ。時間はきちんと守ってくれないと困るよ、君。

ふたりの刑事が入ってくる。

男　あれ、ずいぶんと早いなあ。

刑事　国間境一郎さんですね。

男　このコンピューターなんですけどね。

刑事　警視庁の者ですが。殺人の容疑であなたに逮捕状が出ています。ご出頭を願います。

数名の男たちが入ってきて有無を言わさぬ勢いで男を取り押さえる。男は驚愕のあまり声も出ない。そのまま連行される。コンピューターが「先生」を繰り返している。

4

警察署。男と刑事がいる。男は不精髭が伸びている。

男　ふざけた話だ。

刑事　ふざけてはいないんです。

男　誤りを認めて謝ったらどうなんだろうね。

刑事　謝る必要はないと言われてるんです。

男　どういう理屈なんだ。
刑事　理屈ではなくて事実であって。
男　通り魔扱いをしておいて。
刑事　運がよかったな、あんた。

いつしかふたりの背後に諜報委員が立っている。

諜報委員　君、もういいから下がって。（男に）さぞかしご不快でしょう。国を代表して謝罪します。国家特別機密委員会の小野木と言います。警視庁とは独立した政府内の機関です。主に国家レベルの重大事項に関して独自の内偵、調査をしています。
男　そうですか。名刺をいただけるかな。
諜報委員　ありません。我々の活動は一切秘密裏に行われている種類のものだからです。こうして名乗ることも普通では考えられません。表向きは市役所に勤める一介の公務員です。
男　なるほど。この国も大変ですからね。
諜報委員　国間境一郎さん、あなたにとって重大なことをここで話そうと思っているのですが、よろしいですか？　こう尋ねるわけはあなたが知らないままでいるのを選択したいと思われているかも知れないからです。あなたの意志を確認してから私は話を続けるか否かを決定したい。
男　そんなことを突然言われても馬鹿面しているしか術がありませんね。

課報委員　わかりますよ。
男　なぜ私が容疑者として捕らえられたかについての事情ですか。
課報委員　もちろん関係はしています。
男　是非知りたい。
課報委員　そうなるとすべてを知ることになる。
男　例えば末期ガンの告知とかそういった類いのことで？
課報委員　その譬えと合致しているかどうかは聞く人によって千差万別でしょう。どうしますか？
男　私が知りたくなるような状況は十分じゃないですか。まったく警察のやり口ってやつは。
課報委員　我々は警察ではないのです。
男　透明人間みたいなものなんでしょう。
課報委員　（笑い）冗談が通じる相手でよかったな。いや、相手というのは私のことですよ。
男　脅しじゃないですか。
課報委員　無益な緊張関係はやめましょう。お互いなにがどうこうというわけではないのだから。
男　話してください。
課報委員　最初に言いたいことはあなたへの逮捕は誤認ではなかったということです。ご承知のこととは思いますが、犯人は路上で出刃包丁を振り回し、三人を刺した。ひとりの方は残念ながら亡くなり、ふたりは重傷です。あなたです。あなたがやったのです。
男　法的手続きを考えさせてもらうよ。

課報委員　警察は犠牲者の爪に残された犯人の皮膚の一部、血液からＤＮＡ鑑定をしてあなたを割り出した。それぞれの地区の警察は住民すべてのＤＮＡを登録していますからね。迅速かつ確実な科学的根拠に基づいた今世紀が誇る捜査方法です。やったのはあなただったんです。

男　……。

課報委員　しかしあなたではなかったんです。犯人はあなたなんだが、ここにいるあなたは潔白なのです。

男　……わかりませんね。

課報委員　先程あなたは告知という言葉を使われた。それを使用するのがここで正しいかどうかは不明ですが、あなたとまるで同じ他人が存在しているのです。

男　おやおや。

課報委員　我々はこの事態について一月《ひと》前から独自の調査を開始しています。捜査線にあなたが浮かび上がったことで偶然に判明したのです。犯人と同じ人間であるあなたという人がいることを。国家機密として処理するのを前提にしてますから警察は何も知らされてはいません。警視庁にあなたの釈放を要請したのは我々です。なぜならあなたは犯人ではないからです。そうでしょう、国間さん。

男　何が目的なんだ？

課報委員　質問の意味が理解不能なのですが。

男　私にやったと言わせるためのトリックか？

課報委員　あなたはやってはいません。

男　それならそれでいいじゃないですか。
課報委員　話はこれだけではない。
男　とっととどうぞ。
課報委員　教団の人間から連絡はありましたか？
男　教団？
課報委員　ないか。
男　eメールがあったが。
課報委員　どういった内容で？
男　勧誘です。
課報委員　お母様が元教団信者であったことはご存じですね？
男　知りません。
課報委員　話したくない過去としてご自身の中で封印されたのでしょう。なにせ殺人集団ですから。このことはご存じでしょう、教団のテロ行為については？
男　現代史の授業で。……信じられませんね。教団だなんて母と私の間で一度だって出てきたことのない言葉だ。
課報委員　お母様は話す勇気がなかったんでしょう。
男　四十年間生きてきて。
課報委員　身辺に気をつけてください。何かあったらすぐ連絡をください。これが私の携帯の番号です。

男　何が狙いなんです？

諜報委員　お母様か、もしくはあなたでしょう。

男　教団が私に何をしろというのです？

諜報委員　本人達に聞いてみてください。もうひとりのあなたはおそらく教団の人間に違いありません。わかっているのはこれだけです。

5

介護職員が立ちすくむ男を呼ぶ。

介護職員　検査が終わりました。国間さん、お母様がお待ちですよ。

養護院の一室。車椅子に座った老女の傍らに男がやってくる。

男　お母様。お母様はお父様のことは話したがりませんね。何のことを聞いているのかわかりますか。

老女　先の欠けた赤い柄の錆びたシャベル。

男　それは思い出ですか？

老女　死んだカナリアを団地の庭に埋めたのです。
男　お父様が亡くなったのはあの都営住宅に移る前ですか、それとも移った後？
老女　枯れた観葉植物。盗まれた自転車。
男　お母様は結局ぼくに何も告げないまま自分だけの海馬の小部屋に閉じこもってしまった。
老女　ピンク色のタッパーウエアに詰められたお弁当。
男　お父様のお墓はどこにあるんです？
老女　校庭の隅のウサギ小屋。
男　今日人から聞きました。ぼくが元信者の子供というのは本当のことなのですか？
老女　あなたはわたしの希望です。
男　あなたはなぜ一度もぼくの頭を撫でてはくれなかったんですか？
老女　光です。彼方から差し込んできた点が次第に大きくなって目映いばかりの黄金色の光。
男　（はっとして）双子の物語！　ぼくの兄か弟がいるということですか、お母様！
老女　あなたさまは唯一のあなたさまです。

老女、車椅子から降りようとする。

男　何をしようというんです。

男は止めようとするが、老女は聞かずに床を這い、男の足にすがる。

老女　あなたさまはわたしの光です。

男　やめてください、やめてください。

辺りは一度暗くなり、明るくなると男は座ったまま眠っている。男は目覚める。背後の等身大の鏡に映った自分に驚く。

男　おまえか!……いや、なんだ、おまえだったのか。

介護職員　検査が終わりました。国間さん、お母様がお待ちです。

再び男は車椅子の老女の傍らに立つ。

介護職員　二日前から何を言っても反応がなくて。名前を呼んであげてください。(去る)

男　母を名前で呼んだことなどなかった。だから私は呼べなかった。

男、老女の肩に手をかける。老女は反応しない。女が現れる。

女　それで防護服を着込んでここにやってきたと。

男　いや、まだ少しあるんです。

女　夢の話ははぶいて。セラピストなわけじゃないんだから。

男　私は研究室に戻った。頭の中を整理しようと思って。私は自分の四十年間について考えた。厳格な母に育てられた。最大の恐怖は母だった。その母は彫像のように固まってしまった。人生などという言葉は本当はどうでもいいことなんだ。私は映画の研究にこの身を捧げようとした。私は変人だ。変であることはわかっている。ずっとそう感じていた。私はおかしい。なぜ私は人と同じように振る舞えないのか。笑えないのか、泣けないのか、怒れないのか。妻は大学の同級生でイタリア映画の研究家だった。五年前に研究室から飛び降りた。おそらく私が殺したに違いない。共犯者は母だ。妻の葬儀で私は涙を流さなかったが、そのことを非難した人間はいなかったはずだ。私は老人として生きようと思った。老人としてずっと生きてきた。この事態は誰かが私を陥れるために画策したこととも考えたが、私はただ映画愛を語る老人であるに過ぎない。苦痛はない。しかし苦痛がないことの苦痛、そんな苦痛を感じたのは初めてのことだった。七階の窓から私は下を見た。自殺者の末期の視線だと感じた。死への実感が乏し過ぎた。

いつしか男は研究室に立っている。コンピューターのキーボードを叩く。

男　黙ったままだな。（叩くのをやめて）おれを見つめているな。冷たい男だというわけだ。その通り。君はいつも正しい。君を名づけようとしないわけをおれは確認している。これは凡庸な罪悪感に他ならない。しかし凡庸でない罪悪感がどこにあるというのだろう。

6

酒場。女と男と労務者がいる。労務者は酔っている。

労務者　あんたのショックはわかるよ。元信者の子供とくりゃ普通扱いはされねえ。（女を指さして）こいつも同じだ。

男　あなたは……。

労務者　そうだよ、信者だったんだよ、おれ。教団のばりばりの武闘派ね。今はもうやめたけどな。身を隠し続けて戻ったらよ、若い生意気なのが威張りくさっていやがるからよ。戦争で苦労したのはおれたちだってのによ。逆に戦争責任取れとかぬかすんだ。

男　戦争ですか。

労務者　責任取れとか言われてもなあ、責任取らない国で育ったんだからやり方わかんねえって言ってやったんだ。

男　四十年前でしたね。

労務者　二十世紀だ。国家があのていたらくだったから、おれたちが国良くしてやろうと思って教団やってたんだ。サリン撒いたのなんて上の連中でよ、おれなんか全然知らされてなかったんだよ。ほんとだよ。

女　いい加減にしろよ。

労務者　今はもう情けねえよ。「火山のふもと」に追いやられてよ。何の力もありゃしねえ。おれたち老人を大事にしろってんだよ。戦争体験者の話をもっと聞けってんだよ。あの時代にだよ、国家と張り合っちまったんだからさあ、相当なことやってたんだからさあ。だからね、おれ今度語り継ぐ戦争体験っての書こうと思ってんだ。

男　解決にはならないな。

労務者　人生に解決なんてねえのよ。

男　私の母のことを知ってますか？

労務者　知ってるよ。

男　教えてください！

女　いい加減なこと言うなよ。

労務者　一緒の道場にいたんだ、知ってるよ。国間京子ってのがあんたのおっかさんの名前だ。

男　その通り！

労務者　あんたの顔見た時からわかってたよ。あんた、そっくりだよ。尊師に。おれたちのグルにそっくり。おめえらの父親は尊師だよ。

女　あたしのほうも？
労務者　だからそうだって言ってんだよ。

男と女に明らかに動揺が見て取れる。機長が入ってくる。

機長　（男に軟膏の小瓶を差し出し）これを塗ったらいい。皮膚に擦り込むようにして塗るんだ。そうすればとりあえず痒みは治まる。

男は黙ったまま小瓶を受け取る。機長、出ていく。男は無意識のうちに蓋を開け、手に塗る。

女　痒いの？
男　いや、別に。（蓋を閉め）あなたは知っていたのですか？
女　初めて聞いた。
労務者　あれ？　おれ、今何かしゃべったか。
男　他に何を知ってるんです。
労務者　知らないよ、おれ、何にも知らないよ。

労務者はカウンターに突っ伏す。学生が顔を血まみれにしたパンクをいたわりながら入ってくる。

学生　ちょっとこいつなんとかしてやって。

パンクを床に寝かせる。

学生　(男をみとめて) 先生。やっと点が結ばれたか。先生、教団に来てみませんか?
男　君は……。
学生　信者です。すみません。ずっと先生の監視役を担わされてて。
男　誰から?
学生　だから教団からです。先生の講義を取ったのもそれが理由で。ミサさんに先生のことを教えたのもぼくです。案内しますよ。「火山のふもと」の原子力発電所跡地です。そこにぼくたちの施設があります。
男　何を企んでいるんだ?
学生　先入観は捨てて欲しいな。先生が本当に知りたい資料もあそこにならあると思うよ。
男　君はいつから関わっているんだ?
学生　十三の時からです。家族のなかでぼくだけが生き残った。
男　生き残った?
学生　父と母は一家心中を試みた。港から車ごと海に飛び込んだ。兄と妹は死んだが、ぼくは死ななかった。ぼくだけが海面に浮かんだ。どうです、すごいトラウマでしょう？
男　出来過ぎだ。
学生　ひとりになったぼくを教団が拾ってくれたんです。

男は考えている様子。

男　（女に）原発跡地に行ってみませんか？
女　なんで？
男　そのつもりで私に手紙を寄越したのでは？
女　戻ってこれないかも知れない。
男　もっと知りたくはない？
女　ずっと嫌で隠れていたのに。
男　じゃあなぜおれに知らせた。
女　あなたという人がどう生きてきたのか知りたくて。
男　なんでもない人生さ。
学生　必要なのは救済ですよ。
男　そんなものはいらない。
学生　強がるなよ。

男　私は自分の父親のことを知りたいだけだ。それ以外のことには一切耳を貸さないからね。宗教なんてもんは大嫌いなんだ。

学生　まだ信じてるんだな、洗脳なんて古臭い言葉を。

女　人を救えるのは人よ。宗教じゃない。

学生　ぼくたちと同じ考えだ。

男　いや、人を救えるのはあきらめだ。

学生　あきらめた人間が知りたがるもんか。

労務者　（突然起きて）なつかしいなあ、わが青春の教団！

女　うるさい！

労務者は再び突っ伏す。浮浪者が顔を出す。焼酎の一升瓶を手にしている。

浮浪者　（男に）おい、いつまで待たせるんだよ。みんなもう集まってるよ。

男　おれのことか？

浮浪者　説法始めてくれよ、説法をよ。（男の手を引きながら）このあいだの説法の質問の答え、おれわかったぞ。

男　何のことですか？

浮浪者　船と強盗の説法だよ。船の中に強盗がひとりいたとしたらどうするかこうするかってやつ。仏陀である自分だけがその企みを知ってるとしたら、どうするかっていうあれな。おれ、自分が仏陀になったと思って一生懸命考えたよ。やっぱりその強盗は殺すしかねえよ。

男は外に導かれる。そこには体に欠損を抱えた数名の浮浪者たちがいる。男を見ると浮浪者たちは拍手する。女も外に出てその光景を見る。

眼帯の浮浪者　ミサちゃん、おれカレー好きなんだ。今度はカレー作ってくれよ。

女　得意じゃないんだよ。

浮浪者　誰も信じてくれなくてもよ、他の乗客助けるには殺すしかねえよ、なあ、みんな。

浮浪者たちは一斉に同意の雄叫びを上げ、やがて「殺せ殺せ」と唱和を始める。男はその輪の中でただ当惑している。学生が男の腕を取って走りだす。浮浪者たちは歓声を上げて追う。女は店に戻る。労務者は突っ伏したままでパンクは床に転がったままだ。機長が入ってくる。

機長　アテンションプリーズ、アテンションプリーズ。夜間フライトの搭乗時間がやってまいりました。

女は何かを決意したように店を出て男が去ったほうに向かって走る。機長は敬礼をする。

ACT2

1

過去のイメージ。おそらく教団の施設内。大きな影が立っている。まわりには信者たちがいる。

影　例を挙げてみよう。これは仏陀の前生のことだ。彼は貿易商だった。彼が乗船した船は大変大きなもので他に貿易商が二百人か三百人は乗っていた。その中に悪い心を持った者とその部下たちがいて、貿易商全員を殺して商品をすべて自分たちのものにしようとしていた。さて仏陀はどうしただろうか？

信者1　捕まえようとすると思います。

影　なるほど。しかしまわりは気がついてないし、部下がたくさんいるんだぞ。田中はどうだ？

信者2　ボロが出るまで待ちます。

影　だから殺されるかも知れないんだぞ。殺されるまで待つか？

信者3　まわりの人に相談する。

影　他の人が信じてくれなかったらどうする？　どうだ坂口？

信者4　ポアさせてあげる。

影　ポアさせてあげるか。ケイマ大師《たいし》はどうする？

大師1　自分が仏陀になったつもりで言うと、相手のカルマを見ます。それでだませるようだったらだまして、真理に近づけられるようだったら真理に近づけて、どうしてもその人のカルマが悪いものであったならばポアさせると思います。

影　パタンジャリ大師はどうだ？

大師2　もしできるのであれば船の宝石を全部捨てます。

影　できなかったらどうする？　数百人の貿易商が運んでいるわけだからすごい量だぞ。まず捨てようとした人が殺されてしまう。そうしたら自分が殺された後に悪党は貿易商全員を殺してしまう。ここがポイントだ。一人二人の宝石の量だったらたいしたことがないと。しかし大勢の人間がいる。しかも海の真ん中だ。船が沈んだら全員が死んでしまう。はい、もう一度どの手段及び結果が真理に近いか考えてみよう。

違う部屋。

白い信者が四体の人形を前にして立っている。

白い信者　（一体の人形を取り上げ）これがドナー、つまり細胞核提供者だとしましょう。ドナーが男性である場合、（別の人形を取り上げ）卵子を提供するレシピエント、細胞質提供者が必要になるわけです。男性は卵子を手に入れるのに女性を納得させるか、購入しなければならない。（人形を説明の材料にしつつ）ドナーの体細胞を核抜きしたレシピエントの空の細胞質に入れます。それに交流電流をかけて人為的に細胞質と細胞核を融合させるのです。こうして電気融合に成功した卵子は培養液に入れ、細胞分裂を待ちます。ここでもうひとりの女性が登場することになります。細胞分裂が適度に進んだ卵子を（また別の人形）この女性の子宮に卵管移植します。いわゆる代理母と呼ばれる存在です。代理母の子宮でめでたく受胎すれば出産です。（最後の人形を取り）新生児は育ての親に渡ります。最初のドナーがその役割を勤めるケースも十分考えられます。今話したのはそれぞれが別の役割を果たした場合のケースでありますから、レシピエントと代理母が、あるいはレシピエントと育ての親が同一人物ということもあり得る。しかもドナーが女性の場合は行程の役割すべてを自分でこなすこともできる。自分の胎内に自分を宿すということです。

鉄を切断する音。飛び散る火花。それが急にやむとカナリアの鴛籠を持った機動隊員が立っている。

2

原発跡地。男と女と学生がテレビモニターを見つめている。学生がスイッチを切り、デッキからカセットを取り出す。

学生　まあこういったわけさ。

青い信者が部屋の奥からやってくる。

学生　ガネーシャ大師です。
青い信者　よくいらっしゃいました。ずっとおふたりを待っていました。ビデオはご覧になった?
学生　見終わったところです。
青い信者　いかがでした?
男　尊師の顔が映っていませんでしたね。
青い信者　隠しています。証拠物件になるのを恐れてのことでしょう。
女　それじゃあ、自分たちがやばいことしてるって自覚はあったということね。
青い信者　(笑い)あの頃は戦争でしたからね。ビデオの最後の場面は強制捜査が入った時のものです。

男　さてどこまで教団のことをご存じでしょう？　歴史に記されている悪意と偏見以外に。
青い信者　私たちが知りたいのは教団のことではなくて自分たちのことです。
男　そのことでけっこうです。どこまでご存じですか？
青い信者　私たちが尊師の子供だということです。
女　違います。
青い信者　やっぱりあいつ嘘ついてたんだ。
学生　(学生に) ここからは君にとっても学習だ。いろんなことを知ることになる。
青い信者　ビデオの中で白い信者が説明していたことでしょう？
学生　勘がいいね。
誰でも疑問に思いますよ。しかも大師たちは一切そのことに触れようとしない。最初は白い信者、すなわち大室医師でしたか、彼が教団の裏切り者だからだと解釈していた。
青い信者　なるほど。それで？
学生　大室医師が何について話しているのか調べたんです。
青い信者　学習したんだな。
学生　ええ。
青い信者　言ってみたまえ。
学生　クローニングについてです。
青い信者　正解だ。

女　（静かに）なんてこった……。

男　なんだ？

女　わかんないの？

男　私は尊師の子供ではないんだろう？

女　違うけど、あなたは尊師本人なんだよ。

青い信者　その言い方が正確かどうかはわかりませんが。

女　じゃああたしは誰なの？

青い信者　ケイマ大師の細胞核です。

女　それは誰？

青い信者　尊師の右腕だった女性です。

女　愛人ね。

男　何を勝手に話してるんだ。

女　まだわかんないの？

男　私が尊師とはどういうことだ？

青い信者　教団はずっと遺伝子操作の研究に取り組んでいたと言います。尊師のＤＮＡ遺伝子を永遠のものにするためです。ですから国間さん、あなたのＤＮＡ遺伝子は尊師のものです。

青い信者と学生は手を合わせて男に深々と礼をする。男は声も出ないほど驚愕している様子。

学生　やったね、先生。
女　オーマイゴッド……どうするダンナ、尊師だってさ。
男　ビデオの医者の話を聞きたい。
青い信者　大室は死にました。自殺です。強制捜査が入る直前に尊師は遺伝子操作に関する資料をすべて破棄するように命じた。しかし大室は従わず、逮捕された後どうやら政府に提供したらしい。そのときすでに大室は尊師とケイマ大師のヒト・クローンを成功させていました。四十年前、機動隊員はおそらく泣き叫ぶ男女一組の赤ん坊を保護したはずです。
女　それがわたしたち？
青い信者　赤ん坊はすぐに教団が取り戻しました。同時に大室は起訴を免れて釈放された。政府の意図は明らかです。大室を泳がせてヒト・クローンの研究を続けさせようとしたのです。
学生　なぜ政府はこのことを国民に知らせなかったんですか？
青い信者　なぜだと思う？
学生　騒ぎになるのを恐れて？
青い信者　赤ん坊の将来と人権を考慮したのかも知れない。しかしそれだけではない。アメリカです。私たちがヒト・クローンを成功させていたのを知ったアメリカは観察と黙認を日本政府に通告した。このとき日米のヒト・クローン研究プロジェクトが発進された。生かさず殺さず教団を泳がせて研究を観察しようと。ここを施設として提供したのは日本政府です。ここなら地域住民

学生　とのトラブルは回避できますからね。
青い信者　信者の中でどれくらいがこのことを知ってるんですか？
学生　ビデオを見せた者たちには知らせてある。ごく一部だ。君も無闇に口外してはいけない。
青い信者　わかりました。
話はまだ続くんだ。教団に戻った大室は再建を図る幹部たちに新たな事実を語りました。驚くべきことに強制捜査前に尊師の命令で尊師とケイマ大師の遺伝子を持った卵子を女性信者およそ八十人に卵管移植したというのです。
学生　八十人！
青い信者　もっと多い可能性もある。移植された女性信者たちは全国に散って潜伏した。国外に脱出した者もいるだろう。そのうちの何人かの子宮内で受胎が達成されたかも知れない。わたしたちは捜し続けた。かつて信者だったミラレパ、すなわち（女に）あなたのお父様から、あなたと国間京子さん、すなわち（男に）あなたのお母様のことを聞いた。国間京子さんを養護院で見つけだしたわたしたちがあなたの所在を知るのは簡単でした。これがすべてです。
女　引き取った赤ん坊は？
青い信者　教団にいます。
女　今も？
青い信者　はい。
女　会いたい。

青い信者　いずれ会えるでしょう。ここに滞在していれば。
女　あたしたちに何をしろというの？
青い信者　出入りは自由です。拉致監禁だなんて一昔の教団がやっていたようなことはしません。
女　答えてよ。
青い信者　縁があるということです。そうではありませんか？

朱色の信者がお茶を運んでくる。若い女性だ。

青い信者　マーリーチーです。チティパティ大師はどうした？
朱色の信者　ワークの最中です。
学生　呼んできましょうか？
青い信者　いや、今はいいだろう。（女と男に）それではおくつろぎください。教団は変わったのです。世間のイメージは戦争の時のまま止まっている。違うということをわかって欲しいのです。わたしたちは新たな段階に入っています。戦争前、ポアを全肯定していた時代は言うなれば原始資本主義時代です。今はこの地域に拠点を構えられたことに感謝しています。ここは世間から隔絶されています。わたしたちだけではない、ここに住む人々は忌み嫌われた存在です。用無しとされた人間たちです。しかし生きていかなければならない。わたしたちは独自の経済のネットワークをここに築こうと考えているのです。住人全員が国籍や出自の区別なく一様に普通の生活が送れるようになる経済機構です。それにはまず政府から独立した貨幣制度の導入が必要だ。マーリーチーはここの大蔵大臣です。わたしたちは今、金剛乗とコミュニズムの融合について考えているのです。どうぞごゆっくり。

信者たちは去り、男と女だけになる。

女　どうするね、あんた。
男　……。(何か言おうとしているらしいのだが言葉が出ない)
女　言葉が欲しいの？
男　(うなずく)
女　簡単に信じないことね。
男　信じてるくせに。
女　あらしゃべった。
男　人生が真っ白になった。それならそれでいい。保証書をもらったんだ。自分が普通ではないという。
女　普通よ。
男　君に言われても慰めにはならない。
女　悪かったね。

男　君のことをもっと知りたくなってきた。
女　あんたの愛人らしいわ。
男　やめてくれ。
女　ミラレパはこのことを知ってたんだと思う。それであたしに暴力を振るったんだ。
男　いつのことを話してるんだ？
女　小学生の時からずっと続いて、高校の途中で学校やめて家を出て風俗やって、お芝居やろうと思って劇団入ったけど続かなくてヤクザと同棲したり、覚醒剤で捕まったりして、会社員と結婚したけど借金ばっかで、離婚して仕方なくまた風俗やって。後悔は全然してないけど。

男　後悔か。してるな、おれは。後悔ってやつ。
女　するなよ。
男　妻がよく言ってたな。あなたは冷たい、あなたのお母様と同じだと。
女　死んだ人間は何だって言える。
男　ここにいて悟りでも開くか。
女　本気？
男　わからない。
女　守ってあげる。
男　こっちが言うことだろう。
女　マッチョなのね。

男　なるほど。わかった。
女　ずっと前から知ってる気がして。
男　事実だ。おれたちは四十年前、いや違うな、もっと前からお互い知っていたんだ。
女　あたしの人生はもともとのあたしの人生なのかも知れない。
男　もともとのあたしときたか。
女　もうひとりのあたしの人生なのかも知れない。
男　やっぱりあいつはおれだったんだ。
女　あたし本人は何をしていたんだろう？
男　ここにいる。そうだろ？　おれがここにいるように。
女　あたしはいる？
男　いる。
女　でも答えたあんたは他にもうひとりいるんでしょう？
男　答えたおれはひとりだ。
女　当てにならない。おれもあたしもそこいらにいっぱいいるみたい。
男　せめておれたちは確認し合おうじゃないか。おれはおれで、君は君だと。
女　目印つけとく？
男　冗談だろう。

緑の信者と学生がやってくる。

学生　チティパティ大師です。

緑の信者　(礼をして顔を上げ、男を見て) 似てる。そっくりだ。

男　じろじろ見ないでください。

緑の信者　本当だったんだな、大室が言ってたことは。

女　その人はなんで死んだの?

緑の信者　変人だったからな。

学生　結局教団にいられなかったんでしょう。情報を政府に売ったわけだし、戻ってもスパイ疑惑があったかも知れないし。

緑の信者　余計なことを言うんじゃない。おれたちが殺したみたいじゃないか。

学生　(慌てて男と女に) そういうことはないからね。

緑の信者　原爆を製造したアインシュタインの苦悩みたいなものだろう。

男　今でもクローン研究は続けられてるのかね。

緑の信者　あいにくそれほどの蓄えはもう教団にはなくてね。怖いの、尊師?

男　なんだと?

緑の信者　自分たちが実験材料にされるんじゃないかって。

男　実験も何も、もう材料にされてこうしているんじゃないか。

緑の信者　それは違うな。あなたたちは実験の結果ではない。新たな誕生として胸を張って生きてくれなくちゃ。クローンはオリジナルのコピーではないんだから。一卵性双生児が違う人格を持つように。オリジナルとは違う文化環境のもとで育つクローンが同じ人間として形成されるわけはない。これは大室が言ってたことの受け売りだがね。

男　それなら尊師と呼ぶのはやめろ。

緑の信者　わかったよ、尊師。とにかく今は資金にいつもきゅうきゅうとしていてね、クローン研究どころじゃない。もしかしたら政府の内部では密かに進めているかも知れないが。

学生　いやあ、日本政府にそれほどの根性はないでしょう。

緑の信者　アメリカに脅されれば話は別だろう。アメリカにとっちゃ日本に託すのが最適なんじゃないか。この国は一神教の倫理観とは無縁の資本主義国家だからねえ。神のいない国では人が人を創造したってたいした問題にはならないってはらだろう。宇宙開発とヒト・クローン研究。これが二十一世紀における国家間競争の二本柱だからねえ。共産主義を復活させたロシアもクローンについてはとっくに取り組んでいるに違いない。レーニン、スターリンのクローンが現れる日も近いかも知れない。

男　しかし、まったく同じ人間が育つなんてことはあり得ないだろう?

緑の信者　レーニン、スターリンが育った当時の環境とそっくりでない限りはね。ヒトラーの完璧なコピーを作るにはヒトラーが生きていた当時のウィーンやらベルリンを作らなければならない。

男　だから君の言っていることはSFだということだ。

緑の信者　やるかも知れないよ。レーニンのコピーを作るために革命前のロシアのコピーを作ると。大国というのはそういう馬鹿げたことを平気でやるからね。原子爆弾の製造だってそうだったし、人間が月に降りるために莫大な国家予算を使ったわけだ。月に降りたからってそれが何だっていうんだ。うさぎがいないってわかっただけだろ。

学生　夢の実現だよ。

緑の信者　レーニンの完璧なコピーを作るのもクレムリンの大いなる夢だということだ。壮大な国家プロジェクトだ。おもしろいねえ。アメリカだったらさしずめケネディのクローンかな。

学生　夢じゃないな。歴史は繰り返すって言うし。現実にロシアは今革命前みたいな状況じゃないか。

緑の信者　おれはそのことを言っているんだ。ロシアの人民が必要としているのは再びマルクスを読みちがえた共産主義ではないかと。

学生　そうなるとヒトラーも出てくるぞ。

緑の信者　その時代を言うんだったら願わくばヒトラーよりゲバラだな。ゲバラはいいぞ。

女　美空ひばりとかもできるのかしら。

学生　誰それ?

女　歌手なんだけど。

緑の信者　皮膚とか髪の毛が残っていれば死んだ人間でも可能だ。さてとおれはワークに戻るよ。あなた方の部屋は片付けておいたから。おまえが案内してやって。(男に) 失礼しましたね。確かにあんたはまだ尊師なわけじゃない。

緑の信者は去る。

男　嫌なやつだな。

学生　気さくでいい人ですよ。ぼくはガネーシャ大師より好きだけどな。こちらです。

学生はふたりをそれぞれの部屋に案内する。ふたりは隣接するふたつの部屋に導かれる。

学生　何か困ったことや用事があったらいつでもぼくを呼んでください。

ふたりはそれぞれの部屋でぼんやりと佇んでいる。

男　（つぶやく）混乱したときは眠るに限る。

男はそれまで手にしていた防護マスクを置き、防護服を脱ぐ。

男　パジャマを持ってくればよかったな。

女　（大声で）なんか言った！

男　（大声で）パジャマが欲しいなって！
女　（ベッドの上の衣服に気がついて）ベッドの上に浴衣がある！
男はベッドの上の衣服を広げる。信者たちが着ていたものと同じだ。隣の部屋で女もそのことに気がついている。
男　（つぶやく）浴衣か……。
女　何て言ったの！
男　いい浴衣だ！
女　そっちは浴衣なの！（部屋を出ながら）狡いなあ。
女は男の部屋に向かう。男が手にしている衣服に気がつく。
女　なんだ、違うじゃない……。
女は部屋を出ようとして立ち止まる。
女　ねえ、どうする？

男　どうするって？
女　あたしたち暇じゃない。
男　暇といえば暇だ。
女　しちゃう？
男　……してもいいししなくてもいい。
女　やめとくか。
男　だから……してもいいししなくてもいい。

女は男の部屋を出る。男はベッドに横になる。女は部屋に戻り、ぼんやり椅子に座っている。灰色の信者が女の部屋に近づく。女と同い年ぐらいに見える女性信者だ。

女　誰？
灰色の信者　あなたね。入っていい？
女　あたしね。
灰色の信者　ええ。あなた。
女　すぐわかる。
灰色の信者　生きてきたのね、あたし。
女　生きてきた、あなた。あたしは？

灰色の信者　抱いて。

ふたり抱き合う。離れて見つめ合う。

女　ずっとここにいたの？

灰色の信者　転々といろんなところ。すぐに追い出されるし。学校も行ってないの。どこかにこんなふうじゃないあたしがいると信じてたの。本当だったんだわ。あなたは自由に生きてきたんでしょう？

女　……ええ。

灰色の信者　学校って楽しい？

女　……ええ。楽しい。

灰色の信者　ファミリーレストランって行ったことある？　あそこは家族と行くところなんでしょう？

女　家族はいなかったし。

灰色の信者　ディズニーランドは？

女　どこにも行ったことないの？

灰色の信者　本当の子供たちはいろいろ連れていってもらってたけど。

女　本当の子供たち？

灰色の信者　尊師の子供たち。あたしたちってあれでしょ、愛人の子だし、わら人形でしょ。

女　あたしたちの元のあたしはどうしてるの？
灰色の信者　知らないの？
女　知ってるわけないじゃない。
灰色の信者　会う？

女は声も出ない。

灰色の信者　待ってて。

灰色の信者は部屋を出る。男の部屋に影が立っている。影は眠っている男を見下ろしている。影は男が脱ぎ捨てた防護服を手に取る。男にそっくりの顔かたちをしている。灰色の信者は骨壺を抱えて戻ってくる。

灰色の信者　ほら、あたしたち。
女　……。
灰色の信者　（骨壺を開ける）それでね、夜になるとね、泣くの。だからそんなときはね、食べてあげるの。ぽりぽりって食べてあげるの。そうするとね、すごい喜ぶの。食べる？　おいしいよ。（食べて見せて女に骨の一片を差し出す）

　女は受け取り、戸惑いながら口に入れる。灰色の信者はそれを見届けると骨壺の中身をベッドに撒く。

灰色の信者　あたしたちで寝ない？（骨の撒かれたベッドに横になり）ほら、来なよ。

　女は戸惑いながら従い、隣に横になる。

灰色の信者　わかってるんだ。みんな、あたしのこと怖がってんの。あたしが頭が良過ぎるから。もう本はほとんど読み尽くした。見えたわね、現代哲学の限界点は。ユートピアは冥王星の輝きの中にある。そのことをガネーシャもチティパティもわかっていない！　星が見えるでしょう？　星の地図を描いてそれを破くと虹が出るの。虹を最初に見たのはあたしなんだって。何千年と生きてきたあたしなんだって。……（上半身を起こして）ねえ、あたしセックスってしたことある？

　女も上半身を起こす。ふたりは唇を重ねる。

灰色の信者　冥王星の海水の味。

朱色の信者がやってくる。

朱色の信者　何をやっているの！

朱色の信者は灰色の信者を摑む。

灰色の信者　やめて！　触らないで！

学生も来て朱色の信者に加勢する。隣の部屋の男は騒ぎで目覚める。すると背後に回った影が男の口と鼻に布を当てる。影は防護服を着て防護マスクを被っている。男は意識を失う。朱色の信者と学生は灰色の信者を女の部屋から出し、違う部屋に連れてくる。青い信者が出てくる。

青い信者　誰が出した！

学生　わかりません！

青い信者　連れていけ！

一同は灰色の信者を抑えたまま部屋を立ち去る。女がその部屋に入ってくる。物陰に隠れる。緑緑の信者が加わって青い信者、朱色の信者が戻ってくる。

青い信者　誰が鍵を開けた？
朱色の信者　自分で開けたのかも知れない。
青い信者　外から掛けてたんだろう？
朱色の信者　たぶん。
青い信者　彼女は君の管轄だろう？
朱色の信者　かかりっきりってわけにはいかないのよ。
緑の信者　たまに出してやりゃいいんだよ。
朱色の信者　犬の散歩じゃあるまいし。
青い信者　彼女は彼女と会ったのか？
朱色の信者　ええ。
青い信者　まずいな。
朱色の信者　見てくる。（去る）
緑の信者　秘密にしておくこともないだろう。
青い信者　いきなり全部じゃ警戒される。
緑の信者　そんな時間があるのかね。もたもたしているうちに新教団のほうに取られちまったら元も子もない。

青い信者　新教団などという呼び方はやめなさい。まるで我々が連中を教団として認めているかのようだ。
緑の信者　旗色は悪いな。あっちは実の息子がいるからな。
青い信者　こちらは尊師そのものを獲得した。
緑の信者　どうもあれじゃ、当てにならない。見た目は確かに尊師だが、威厳ってやつがない。
青い信者　徐々にだ。
緑の信者　宗教嫌いらしいじゃないか。
青い信者　教義を理解しなくてもいい。シンボルとして求心力になってくれれば。
緑の信者　それならばなおさら早いほうがいい。新教団に揺れてる者の数は少なくはない。
青い信者　チティパティ大師、あなたは本当に教団のことを心配しているのか?
緑の信者　問いの意味がわかりません。ガネーシャ大師。
青い信者　新教団への勧誘をほのめかしていると聞いたがな。
緑の信者　スパイ告発合戦か。本で読んだことがあるな。主に左翼集団がやってたことらしいじゃないか。我々もいっぱしの集団らしくなってきたってことか。私はただ現状の不満を思わず口にしただけです。
青い信者　私への批判ということだな。口先だけだと。
緑の信者　今のままでは求心力が低下するばかりだということです。
青い信者　武装闘争などあり得ない。
緑の信者　しかし多くの信者はそれを望み始めているということです。確固とした核がないからです。

青い信者　尊師を手に入れただろう。
緑の信者　じゃあ早く事を進めましょう。

朱色の信者が骨壺を抱えて戻ってくる。

朱色の信者　彼女は部屋にはいないわ。（ふたりの様子を見て）また仲間割れ？
青い信者　論争だ。
朱色の信者　せめて生産的なものにして欲しいわね。
緑の信者　理論派と現実路線派の対立だな。
青い信者　そのまとめ方は間違っている。
緑の信者　それなら尊師のクローンに早く取り組むべきだ。回りくどいやり方で、ここに来させるまでにこんなに時間がかかって。
青い信者　下手なことをすれば拉致監禁になってしまうからだ。慎重に事を運ばなければ。クローンという爆弾が相手なのだから。
朱色の信者　賛成だわ。
緑の信者　そういうことなら、野放しにしてるほうのはどうすんだ？　浮浪者どもに説教垂れて教祖って呼ばせてるぜ。
朱色の信者　爆弾だわ。

青い信者　確かにあいつは教祖ではあるんだ。
緑の信者　やめさせよう。
青い信者　そういうわけにもいかないだろう。
緑の信者　じゃあどうするってんだ？　あいつは明らかに精神を病んでいる。
青い信者　上の世代が変に祭り上げ過ぎたんだ。
緑の信者　監禁が得策と思うがね。
青い信者　彼は今どこに？
朱色の信者　さっき見かけたけど。
青い信者　話をしてみよう。（歩きだす）
緑の信者　何の話をしようってんだ。

緑の信者は青い信者の後を追い、朱色の信者も部屋を出る。物陰から女が出てくる。

女　やっぱり……。

女は背後の人影に驚く。防護服と防護マスク姿の影が立っている。

女　びっくりしたあ。いたの？　聞いてた？

影、すなわちXは頭を横に振る。

女　あんた、やっぱりここ出よう。あいつらあんたを利用する気だよ。今から帰ろう。

X　(何か言うがマスクのせいで聞こえない)

女　それ取りなよ。

X　(マスクを取り、静かに) 何を企んでるというんだ?

女　尊師にしようとしてるんだよ。

X　尊師はもういるのにな。

女　ホームレスのオッサンたちはあんたとそいつを間違えたんだ。

X　知ってる。

女　あんたも会ったの?

X　やつは邪魔だ。やつの声を聞きたくなかった。やつに自分を見られたくなかった。

女　大丈夫?

X　触れてくれないか?

女　こう?

女はXの手を握る。

X　直《じか》にだ。

女はXの頬に触れる。

X　ケイマ大師だな。ビデオの中の本人とそっくりだ。一方のいかれたのとはずいぶんと違う。やさしい手だ。

女　ふざけてんの？

X　それに比べておれとあいつはどうだ。まるで同じ人間じゃないか。

Xは女を荒々しく引き寄せる。女は気がつく。

女　あなたは！

女は抵抗する。朱色の信者が入ってくる。

朱色の信者　失礼しました。（去ろうとする）

女　違う！　この人は違うの！

事情を飲み込んだ朱色の信者はXを止めようとするが、不可能だ。部屋を出て青い信者、緑の信者、学生と戻ってくる。Xから女を引き離す。

X　教祖はおれだ。

青い信者　わかっています。

女　脱いで返してよ！

Xは走り去る。

緑の信者　まさか。

学生　見てきます。（去る）

青い信者　（行こうとする女に）あなたはここにいて。私たちの話を聞いていましたね。

女　あれがあんたたちの教祖？

青い信者　霊的ステージは抜群のものがありましたから。子供のころです。それを見て当時の信者たちは尊師の再来として育ててしまった。

女　帰らせてもらう。

青い信者　困ります。

女　どうして？

青い信者　あなた方に教団の未来がかかっているからです。

学生が戻ってくる。

学生　先生は無事です。寝息を立てて熟睡しています。

青い信者　よかった。

女　それなら隠し事はやめて。

青い信者　他に何を知りたいのです？

女　新教団って何？

青い信者　尊師の子供たちを中心にした集団です。我々は彼らとは相いれない。彼らは再びテロ行為を画策してます。我々が望んでいるのは純粋な宗教活動です。それを軌道に乗せるにはあなた方の力が必要なのです。だから嫌というならせめてその時期になるまで、尊師とケイマ大師の生まれ変わりの役割をして欲しい。あなた方がそのつもりなら、在家信者を含めたすべての信者にクローン研究のことを公表するつもりです。

女　信じやしないわ。

青い信者　世間は信じなくても信者は信じます。やってくれますね？

女　わからないけど、わかったわ。

青い信者　ありがとう。
女　考えさせて。頭からいろいろなことがはみ出そうで。今夜始めて生まれてきたような気分。

信者たちは女に礼をして去る。女は自分の部屋に戻る。すると労務者がひとりで酒を飲んでいる。

女　なんでおまえがいるの？
労務者　おかえり。
女　地獄の底までついてくる気？
労務者　おまえとなら天国に行ける。
女　出てって。

労務者は酒瓶を持って部屋を出、野外に向かう。Xと浮浪者と若い浮浪者が焚き火を囲んで酒を飲んでいる。

X　強奪も強姦も殺人も許される。地獄に落ちることはない。真理に近づくための行為なんだ。
労務者　あんたいける口なんじゃねえか。混ぜてくれよ。
X　知らない顔だな。
労務者　さっき会ってたばかりじゃねえかよ。（焚き火に手をかざし）桜が終わったってのにまだ冷える若い浮浪者X　ねえ。
X　（無視して）これがタントラの教えだ。本当に許されるのか？
労務者　悪は肯定される。
浮浪者　グルの野郎はそうやって悪用したわけさ。聞いてんだから黙ってろよ。
X　タントラはインドの下層階級、アウトカーストから生まれた。人間扱いされていない虫けらが悟りを開くためにだ。悪の限りを尽くす虫けらは輝かしい闇だ。
浮浪者　おれたちは虫けらか？
X　虫けらじゃなかったら何だ？　おまえたちはただの虫けらだ。輝かしい闇を浴びるには悪といわれる闇と徹底的につきあうことだ。
労務者　ああ。こんなふうにおれたちは騙されたんだ。

Xは労務者の顔面を打つ。労務者は鼻血を流して地面に倒れ、のたうちまわる。

浮浪者　こいつも虫けらか？
X　修行の足らない便所コオロギだ。蹴ってみろ。糞尿を聖なる飲食とする者たちに非行は存在しない。悪もまた存在しない。

浮浪者と若い浮浪者は労務者を蹴り上げる。

3

翌日の午後。広い部屋で女と朱色の信者と学生が食事を摂っている。

女　苦労してんだねえ。
学生　ここに来る人はみんなそうだよ。でも今じゃ苦労とは思わないな。
朱色の信者　欠如のない人間は不幸です。
女　欠如のない人間なんているの？
朱色の信者　いないはずです。でもそのことを今の世界は認めようとしない。だから人間は欠如を隠そう隠そうと躍起になって生きているだけです。
学生　金と欲ばかりさ。
女　ケイマ大師のこと知ってる？
朱色の信者　私たちの母なる人です。
女　どういう人だったの？
朱色の信者　守護神です。霊的ステージは尊師より高かったという人もいます。だからミサさん、ここにいてください。

女　ふうん。

朱色の信者　ケイマ大師は尊師に直言できるただひとりの大師でした。戦争に反対したのも彼女ひとりだったと言います。ここだけの話にしておいてくださいね。

女　（食べていたのが）これすごくまずい。

男が入ってくる。それを見て学生は部屋を出る。

朱色の信者　お目覚めですか。食事を用意させます。

男　いらない。すぐに出るよ。

朱色の信者　まだいてください。

男　おれは行くよ。君は？

女　もう少しいてもいいじゃない。

男　洗脳されたか。

女　なに怖い顔してるの？

学生と青い信者が入ってくる。

青い信者　おはようございます。
男　変なものを嗅がされて意識を失ったよ。早速本性を現したな。世話になったね。
青い信者　行かないでください。
男　拉致監禁かね。
青い信者　手荒な真似はさせないでください。

男は信者たちの様子の異変に気がついたようで椅子に座る。

男　食事をもらおう。

学生が出ていく。

男　私がここを出ていろいろなことをしゃべりまくるのを恐れているのかね。心配ない。私は君たちの敵ではない。
青い信者　味方でもない？
男　そんな義理がどこにある？　私は私の人生を送ってきたんだ。
女　もうひとりのあなたに会ったわ。
男　いるんだな。殺人犯が。

青い信者　何と言いました？
男　やつは人を殺してるんだ。そのせいで私は一度逮捕された。遅かれ早かれ捜査の手が入るんじゃないか。

青い信者と朱色の信者は顔を見合わせて走り去る。

男　顔色変えやがった。

学生が食事を持ってくる。

男　（皿を見て）なんだ、これ？
学生　修行食です。
男　（口にするが吐き出し）だめだ、食えない。
女　あんたやっぱりここにいたほうがいい。
男　なぜ？
女　あんたが犯人じゃないって証拠がないじゃない。
男　失礼だな。
女　そっくりなんだから。あんたそのものがもうひとりいるんだから。

男　警察はわかってる。
女　信用できるの？　ＤＮＡも同じなんだよ。あたしもわからなくなってきたよ、あんたはほんとに最初に会ったあんた？
男　何を言ってるんだ！（皿を床に叩きつける）
女　あんたはそんなに暴力的だったっけ？
男　……。
女　だから目印つけときゃよかったんだ。
男　今つけてくれ。
女　もう混ざっちゃったじゃない。
男　……。
学生　ここにいたほうがいいよ、先生。

男は床に落ちた食べ物を拾い、食べ始める。

学生　そう。食べ物を粗末にしてはいけないよ。
女　あたし、眠い。横にならせてもらう。（去る）
学生　いろいろ見てもらいたいものがあるんだ、先生。
男　洗脳か？

学生　ああ。洗脳だ。

ふたりは歩きながら会話をする。

学生　先生はなんでそう宗教を毛嫌いするんです？
男　優越感丸だしで取り澄ました顔してるやつらばかりだからだ。
学生　ぼくもそう？
男　母親のことがやっとわかってきた。
学生　世の中間違ってると思いませんか？
男　自分のことで精一杯だ。
学生　個人は常に外部と直結してるものです。コミュニズムは宗教を排除してきましたよね。西洋の唯物論は神秘体験を認めなかった。宗教のほうはそこで自分たちの世界だけに閉じこもるのが常だった。しかし宗教が精神世界だけにこだわることがいいのかどうか。だって精神世界は外の世界、政治とか経済の問題と無縁ではないからですよ。教団は再び積極的に外部と関わろうとしています。
男　テロリズムへの道だな。
学生　ガネーシャ大師はこれまでコミュニズムを正確に実現させた国家は皆無だと言います。我々は今修行と並行してマルクスを学習しています。外部との連動の方法としてマルクスを応用しようと思ってるんです。先生どうです、このユートピアのヴィジョンは素敵ではありませんか。仏教を精神世界の核として新たなコミュニズムを構築する！

ふたりは広い部屋に来ている。数人の信者が蓮華坐で瞑想している。

学生　ここにいるのはステージの高い人たちばかりです。たぶん先生のことも全部知ってるでしょう。加わりませんか？

男　嫌だな。

学生　どうせ暇でしょう？

男　暇だな。

学生　じゃやれば？

男　誘い方が上手だね。

男は信者の真似をして座り、目を瞑る。静寂。男は目を開け、片手をつく。頭を振る。

男　おかしい。何か盛ったな。そうだろう？

周りには誰もいない。労務者が老女の乗った車椅子を押して走ってくる。

老女　境一郎、おまえはもうあたしから自由だよ。

老女は車椅子から立ち上がり、若々しく労務者とダンスを踊る。やがて労務者は男の背後に回り、見えない紐で男の首を絞めにかかる。男は苦しむが、気がつくと労務者はいない。車椅子に女が座っている。女は視線を一点に止めたままで尋常ではない様子だ。白い信者が近づく。

白い信者　クローン人間です。これであなたのユートピアは一歩実現の可能性に近づいた。次はいよいよあなたの番です、尊師。あなたのクローンを造ります。

信者たちが男を捕らえる。

白い信者　あなたの心臓を摘出します。

白い信者は男の胸にメスを当てる。やがて見えない心臓を取り上げる。

白い信者　わらの心臓だ。
女　そうだよ。だからこいつは冷たい人間なんだ。（笑う）

女と信者たちは笑いながら走り去る。男の背後に再び人影が立つ。男が気配に振り返る。

男　アンヌ……。

妻　皆様今宵はようこそお越しいただきました。今世紀最大の見世物、クローン人間ショー！

いつしか大勢の人々が集まって拍手をしている。妻は鞭を鳴らし、男を立たせる。人々が道を開けるとその先には首吊りの縄が吊るされているのが見える。妻は鞭で男に行くように命じる。人々の拍手はやまない。男は首に縄をかける。落下した男は床に転倒している。首には何もない。次に男は高所に佇む妻を発見する。気がついた妻は男に晴れ晴れしく手を振った。

妻　あなた、あたし飛ぶわ！

妻はいなくなる。妻がいた場所に男は上っていく。下を見て高さに目が眩んだらしい男は落下する。落ちてきた男を信者たちが受け止めている。男は信者たちの腕の中で意識を取り戻す。

学生　（興奮して）すごいよ先生、あんた今空中を浮いてたんだ。

4

女のいる部屋と灰色の信者のいる部屋が見える。灰色の信者は食べ残しの皿を前にして一点を見つめている。女もまた視線を動かさず、ほとんど相似形だ。ふたりは壁を通して会話をする。

灰色の信者　聞こえる?
女　聞こえる。
灰色の信者　あたしのこと好き?
女　嫌い。
灰色の信者　(泣く)
女　でも仕方ない。嫌いだとしてもあたしなんだから。あたしのあたしのあたしのあなた……。
灰色の信者　いろいろ知りたいの。
女　何を?
灰色の信者　人生。
女　ゴミ溜め。
灰色の信者　愛。
女　しわくちゃ。

灰色の信者　嫌だ。やっぱりここにいるわ。
女　でもそれがいいときもあるんだよ。
灰色の信者　楽天家ね。
女　なくして困るもんもないし。
灰色の信者　世界って何？
女　繰り返し。

防護服を着たXがやってきて部屋の外で苦しそうに頭を抱える。浮浪者と若い浮浪者が側にやってくる。

X　頭の中で小さな尊師が踊り始めた。宇宙との交信の始まりだ。虹が見える。宇宙にかかる虹だ。
わかるか？
浮浪者　わかりません。
X　宇宙の虹は何千色もある。
浮浪者　そうですか。

Xはふたりに耳打ちする。

浮浪者　勘弁してくださいよ。
X　私のもとから去るがいい。
若い浮浪者　やるよ。

Xは若い浮浪者に鍵を渡す。浮浪者と若い浮浪者は灰色の信者の部屋の鍵を開けにかかる。見届けたXは女の部屋に向かう。

X　ケイマ大師。
女　（ぎょっとして）違うでしょ。
X　宇宙の虹は何色だ？
女　そう聞くからには七色ではないってことね。
X　さすがケイマ大師だ。
女　襲いに来たのね。
X　はい。
女　どういう育てられ方をしたの？
X　英才教育。偉大なる宗教家としての。尊師の子供らと一緒に。信者たちが入れ代わり立ち代わり教育係としてやってきた。子供の中で霊的ステージが一番高いのは私だった。
女　自慢話って退屈ね。

X　やがて不幸話になる。

女　そうこなくっちゃ。

X　ある日尊師の長男が私のことを見下したかのように言った。おまえはわら人形だと。私はわら人形の意味を知りたくて信者たちに尋ね回った。誰も答えなかった。クローンのことを知らされたのは十三の時。教団が分裂を始めた頃だ。

灰色の信者の部屋から叫び声が聞こえてくる。

X　気にするな。聞き続けろ。長男と私の対立も本格的になった。やつは言った。わら人形に人間は救えない。だがやつの妹は私の味方だった。私と妹は一体になった。すると当時の教団幹部は私を軟禁した。ガネーシャ大師が主導権を握るまで私の軟禁は続いた。子供に忘れられたおもちゃのように私は十二年間、小部屋に放置されていた。私は自分がすでに壊れたおもちゃだと知っていた。わら人形は所詮こんなものだと思っていた。あんたやもうひとりの私は不思議だ。しかし結局人間のふりをしたわら人形だ。人間の世界でわらの人形が呼吸をしていてはいけない。

女　殺すつもりね。

X　私たちはいけない存在だ。尊師はこれをポアすると呼んでいた。

女はXのすきを突いて部屋を飛び出し灰色の信者の部屋に向かう。灰色の信者は絶命している。女は灰色の信者を抱き締める。Xが追って入ってくる。Xは女を暴行しにかかる。激しく抵抗する女。朱色の信者が駆けてきて光景を見て慌てて戻る。女に暴行を加えているのは労務者になっている。それは女の中の記憶の映像だ。朱色の信者が青い信者と緑の信者を連れて戻ってくる。信者たちはXを女から引き離す。男たちがXを押さえ、その言葉に従って朱色の信者がXの首に縄を巻きつけるが暴れるのでうまくいかない。現実の労務者が入ってきて加勢する。労務者と青い信者で縄の両端を引っ張り、Xの首を絞める。Xはぐったりとする。

労務者　あの時と同じだ……。だがおれたちがやったのは弁護士の一家だった。（Xの遺体に向かって）このくそ野郎が、さんざっぱらおれの人生台無しにしやがって。

Xは一気に蘇生し、労務者の首を絞める。Xは逃げて消える。信者たちが追う。

青い信者　見失うな。

労務者は激しく咳き込んでいる。Xが戻ってくる。

X　おれが何をした？

信者たちが戻ってくる。

X　おまえたちは間違っている。

労務者が拳銃を取り出してXを射殺する。

緑の信者　さすがなかなか死なないな。
労務者　（遺体を踏みつけ）このやろう、復活こきやがって。キリストのつもりか、このやろう。
青い信者　思いついた。ミラレパ、遺体の始末を頼む。
労務者　へいへい。昔っからこういう役回りだ。
青い信者　（Xにとりかかろうとする労務者を制して）ケイマ大師のほうだけでいい。（緑の信者と朱色の信者に）こっちは私たちで処分しよう。
緑の信者　何を考えた？
青い信者　説明する。手伝ってくれ。

信者たちはXの遺体を運ぶ。労務者は灰色の信者の遺体に向かう。

女　触らないで！

労務者は遺体から女を離し、背負う。

労務者　許してはくれないんだな。

女　許してやるもんか！　どんなことがあったって！

5

部屋で男が横になっている。キャップを深々と被った信者が男に近づいて肩に触れる。男が仰天して起き上がる。信者は男の口を手で塞ぎ、キャップを取る。彼は諜報委員だ。

諜報委員　私です。

男　君。

諜報委員　大変な目に遭いましたね。大丈夫。もうひとりのあなたの身元は割れました。もうすぐここに強制捜査の手が入ります。後少しの辛抱です。連中には絶対悟られないように。

男は部屋を出る。女とばったり会う。

男　やあ。何をしていたんだい？

女　（男が防護服を着ているのに気がついて）その服？

男　ああ。捨てられていたのを見つけた。

女　近づかないで。

男　どうしたんだ？

女　そばにこないで。（我に返ったように気がついて）いえ、ごめん。（男に近づいて手を取り）あなたよね。

男　たぶん。

女　死んじゃったよ。

男　知ってる。

女　なんで？

男　夢に見た。やつが死んだと直感した。殺されたんだろう？

女　自分のことを言ってたのね。

男　どういうことだ？

女　あたしのことを言ったの。

男　そうか……悪かったな。

女　もうあたしたちだけになっちゃった。

男　普通に戻ったってことじゃないか。
女　あたしがここにいるという実感がない。

女は男に抱きつく。

男　言うなればこれは惰性と腐敗との戦いだ。
女　（異変に気がついて男を見る）
男　いや心配するんじゃない。こいつは君の見ている幻覚だ。連中さっきの食べ物に何か入れたらしい。
女　どこからどこまでが？
男　覚めないままかも知れない。永遠に。
女　現実のあんたはどこにいるの？
男　私自身が幻覚になってしまった。だから私には、私という教団には君という現実が必要なんだ。
国土は腐り果てている！

ふたりの背後に信者たちの修行のイメージが現れる。

男　生きとし生けるものすべてを殺害せよ。他人の財貨を奪え。他人の妻を愛欲せよ。虚妄の言葉を語れ。その行為によって人々が無限に近い時間、地獄で煮られるその同じ行為によって、ヨーガの実践者は解脱する。彼にとって非行は存在しない。悪もまた存在しない。

言いながら男は信者たちのあいだに消えていく。

女　（男から離れて）ひとごろし！

女の言葉がさながら毒ガスであるかのように信者たちは苦しみだす。車椅子に乗った男が現れる。

女　やめなさい！

その一言によって幻覚は一気に消え去る。女と男が佇んでいる。

女　どこにいたの？

男　何人も人を殺した。君の幻覚の中で。

青い信者がやってくる。

青い信者　国間さん、いよいよです。あなたにはここの教祖になっていただきます。
男　嫌です。
青い信者　無理です。
男　不可能です。
青い信者　あなたにはそうする責任というものがある。
男　わかりません。
青い信者　尊師のDNAを抱えた人間であるということです。
男　知ったことではありません。
青い信者　あなたはそう振る舞うように設定されていたんだ。
男　誰にです？
青い信者　人類の歴史にです。いいですか、あなたは人類史上初のクローン人間なのです。最初かられっきとした重要登場人物なのです。自分は唯一の自分のはずだなどといった西洋型個人主義に侵された世迷言は通用しない。あなたはあなただけのものではない。なぜならあなたの遺伝子がそうだからです。
男　私の死体を見せてください。

青い信者は一度去り、戻ってくる。緑の信者と朱色の信者、労務者がビニールシートに包まれた遺体の乗った台を押してくる。男はシートの中の男の顔を見ている様子だ。

労務者　すごい死に顔だろ。地獄行きだよ、間違いなく。（信者たちに）早く処置しねえと蛆湧いてくるぞ。

青い信者　明日在家を含めた全信者を招集します。私たちはそこで尊師のクローンについて公表する。しかしクローンはあくまでひとりということで。クローンは生き延びたが亡くなってしまった。その日は尊師のクローンの葬儀という名目です。信者たちの目の前で遺体を火葬します。燃え尽きたあたりでチティパティ大師が火の中に火薬を忍ばせるでしょう。爆破によって辺りは驚愕と喧噪に包まれます。もうもうとした煙りが立ち込めるでしょう。やがてそれが消えかかる頃信者たちは白煙の向こうに奇跡の復活を遂げた尊師のクローンを見いだすのです。（男に）あなたです。

男　……。

青い信者　あなたは何もしゃべらなくていい。この儀式をこなしてくれれば後は自由です。

男　本当に後は無関係ですね。

青い信者　約束します。

男　わかりました。

女　だめよ。国間さん、あんたはもうひとりだけなんだよ。そしたらあんたが殺人犯ってことになっちゃうじゃないか。その時は遺体もないんだよ。

男　……どういうことだ？

女　遺体がないとあんた潔白を証明できないよ。
男　そうだ……困るよ。
緑の信者　余計なこと言いやがって。
男　（緑の信者の言葉に反応して）わかってて乗せようとしたのか?
青い信者　進めます。

信者たちは遺体を持っていこうとする。

男　（それを制して）待ってくれ。だめだ。

男は遺体を抱えて転倒し、遺体の下敷になる。信者たちはなおもそこから奪おうとする。女は男に加勢する。

女　この人にかまうのはやめて!

さらに労務者が割って入り、拳銃をかざして信者たちを威嚇する。

労務者　（拳銃を振り）こいつ、ロシア製。若造めらが、おめえらもっと苦労しなきゃだめだな。

男　いずれにせよ、もう遅い。（遺体を叩き）こいつの身元が割れた。明日にでも強制捜査の手が入るだろう。

信者たちは顔を見合わす。

青い信者　なぜあなたが知ってるんです？
男　君たちのために教えたんだ。
青い信者　スパイだったんだな。
緑の信者　なんてこった！
男　知られたくないものは処分して、逃げたほうがいい。
青い信者　国間さん、いや我らがグル！　教祖！　尊師！　我々がやりたいことは単純だ。あなたは今の世界を容認できますか。このままでいいと思っていますか。あなたは新しい人間、新しい光だ。あなたは自分が唯一の者であるという呪縛から免れている。あなたはただひとつの私というエゴから自由な人間だ。だから我々は新たな教団の教祖像をあなたに託し、賭けたのだ。尊師のコピーだからではない、コピーと自覚できる人間だから新たな尊師として迎えたのだ。しかし今回それは適わなかった。いずれわかってくれる時が来ると信じてます。またこの国のどこかで会いましょう。

信者たちは足早に去る。

男　（女と労務者を見回し）ありがとう。

労務者　あんた、こいつと結婚してやってくれ。

浮浪者と若い浮浪者がやってくる。

浮浪者　（男に）言われた通りあの女殺《や》ったけどよ、本当によかったんだろうな？

若い浮浪者　悟り開けるんだろうな、おれたち？

女　あんたたち？

浮浪者　ミサちゃん、おれ人殺しちまったよ。（男を指し）尊師がそうすりゃ今の生活から抜け出せるって言うからよ。

若い浮浪者　救われるんだろうな！

女　大馬鹿野郎！

女は労務者の手から拳銃を奪い、浮浪者を撃とうとするが、労務者が奪い返し、浮浪者と若い浮浪者を射殺する。カナリアの入った鴛籠を持った機動隊員が現れる。労務者は拳銃を捨てる。

6

緑の信者の顔写真と文字が映写される。

「信者Y・K／監禁及び殺人容疑。現在逃亡中。都内に潜伏していると思われる」

学生の顔写真。

「D大学四年F・A／監禁幇助容疑で逮捕」

朱色の信者の顔写真。

「信者K・A／現在逃亡中。監禁及び殺人幇助容疑。都内に潜伏していると思われる」

労務者の顔写真。

「元信者W・E／殺人容疑で逮捕」

青い信者の顔写真。

「信者J・F／監禁及び殺人容疑。現在逃亡中。ロシアに亡命したとの情報が流れる」

「国間境一郎と安藤ミサは保護された。警視庁はふたりがそれぞれ尊師とケイマ大師の子供であると公表した。国間と遺体の尊師は双子と発表された。ニュースは新たな教団の闇として世界中に流れた。ふたりの周囲はマスコミ関係者で騒然としたが、ふたりの口からクローンの単語が出ることはなかった」

7

映写。「三か月後」

女の酒場。機長がウイスキーを飲んでいる。

機長　すごいんだよ、それが。馬の糞みたいにでかくて、肝臓の表面みたいにてかてか輝いてるんだ。
女　へえー。
機長　正面から来るもんだから、必死で操縦桿握ったよ。見たことあるかね？　ＵＦＯっての。
女　ない。
機長　私もないんだ。
女　見たいもんだね。
機長　医者が酒やめろって言うんだ。
女　じゃあやめれば。
機長　肝臓移植すればいいんだ。だから脳死するやつ待ってんだ。順番なんだってね、あれ。
女　今週はどこ飛んだの？
機長　ジブラルタル海峡行ってそれからレバノン。パレスチナゲリラと一緒にコーラン読んできた。

女　忙しいんだね。
機長　もう忙しい忙しい。だからやめようと思って辞表を俳句にして書いたんだ。聞きたいだろ。
女　聞きたくない。
機長　ならやめとこう。

店の外にボディガードを帯同した男がやってくる。ボディガードは外に立っている。

女　あら。
男　やあ。
女　何飲む？
男　これから会合があるんで、トマトジュース。（機長に）やってますね。
機長　コーラン読んだことある？
男　ない。勉強しなければな。
女　忙しい？
男　おふくろを家で介護することにした。介護の人を頼んで。
女　よかったじゃない。
男　世間体もあるからね。
機長　帰る。

女　またね。

機長は店を出る。

男　あの諜報委員のこと知ってるか？　おれたちを救ってくれた。
女　何かあったの？
男　サリン事件の被害者の息子だそうだ。
女　誰から聞いたの？
男　本人の口からだ。お父さんを亡くしたそうだ。私を最初に見た時憎しみが湧いたそうだ。道理で最初に会った時敵意に満ちた顔をしていたよ。聞いてから思わず謝ってしまった。……選挙に出るんだ。
女　テレビで見た。
男　手伝ってくれないか。
女　手伝う？
男　君が立候補してくれてもいいんだ。私より受けるかも知れない。
女　あんたと一緒にクローン党？
男　保守党が公認してくれてる。

眼帯の浮浪者が入ってくる。

眼帯の浮浪者　ミサちゃん、おれもう腹減っちゃって動けねえよお。（男を見て）おお、あんたか。握手してくれ。

男　（両手で彼の手を包んで）今度この地区から出馬します国間境一郎です。よろしくお願いします。

眼帯の浮浪者　絶対あんたに投票するよ。選挙権は田舎だけど。

女　今日はがんばって四十個作ったからね。みんなに配るのよ。

眼帯の浮浪者　カレーのほうがいいのにな。

女　うるさいな。

眼帯の浮浪者　ありがとな。（男に）だいじょぶ、絶対入れるから。（出ていく）

男　まだ続けてるんだ。

女　好きでやってるだけ。

男　あんな目に遭っても？

女　別にあの人がそうなわけじゃない。

男　連中はみんな同じだ。所詮いかれた連中だ。人がいいんだな。

女　人じゃないの。あたし。

男　立候補しないか？

女　やめとく。やっと静かになってきたんだし。

男　そうか。
女　政治に目覚めたんだ。
男　演説を誉められてね。カリスマ性があるんだそうだ。要するにアリバイができたんだ。
女　さすが尊師の子供だって？
男　陰じゃ山ほど噂してるだろうさ。
女　最後に彼が言ったことが忘れられないんだ？
男　君のほうこそ。
女　忘れられないのは全部。
男　ひどい世の中だ。行動を起こさなくては。
女　アリバイなんて欲しくない。
男　では君はどうするんだ？
女　ここにいる。前と同じ。
男　ぼくはここを変えようと思っている。環境整備と福祉充実。差別撤廃。
女　偉いのね。
男　残念だな。
女　わら人形でいいんだ。
男　自虐的だね。
女　全然。

男　現状肯定派だ。
女　わら人形がわら人形で生きていけるのはここしかないの。
男　人間になる権利があるはずなんだがな。
女　あんた、変わった。
男　そんなことはない。
女　変なこと言っていい？
男　わからないな。
女　あなたは本当にあなた？
男　……。
女　ふと思い出すの、目印つけときゃよかったって。……怒った？　やめよう。ごめん。
男　（笑いだし）いや、君の言う通りかも知れない。
女　気にしないで。冗談だからね。
男　（笑いやまず）わかってるって。では帰るから。
女　またね。
男　ああ。

男は笑い続けている。外に一歩出ると急に笑うのをやめる。

男　（つぶやく）いかれた女だ。

　男はボディガードと去る。それを見守っていたかのように諜報委員が物陰から現れ、店に入る。

諜報委員　こんばんわ。
女　あら、今国間さんいたところ。
諜報委員　外で会いました。
女　小野木さんのこと話してた。
諜報委員　そうですか。
女　聞いたよ。何にする？
諜報委員　水割りを。国間さん選挙に出ること言ってました？
女　誘われたわ？
諜報委員　それで？
女　断った。
諜報委員　よかった。
女　何が？
諜報委員　あなたまで政党に取られたんじゃや。
女　柄じゃないし。

課報委員　話をしていいですか。被害者の子供の自分史ですが。

女　みんな話したいのは自分のことよ。

課報委員　父が教団のサリンガスで殺された時、私はまだ母の胎内にいました。この事を知ったのは中学二年の時でした。私はなぜ父が殺されなければならなかったのか疑問を抱いて、教団とコンタクトを取り始めたのです。続けていい？

女　やめる理由がある？

課報委員　尊師の息子に手紙を書くと予想に反して彼からすぐに返事が届いたのです。彼は私と同い年で父親の犯罪に罪悪感を抱いていました。父親がいないという同じ境遇だったせいでしょうか、彼との文通は続きました。お互い自分の今の生活や思想を正直に開陳し合ったのです。彼は私に謝罪の言葉を送ってきました。彼の結論はこうです。四十年前の戦争は共食いでしかなかったと。彼が今の教団と袂を分かち、新しい教団を作る時には相談を受けました。それをきっかけにして彼と頻繁に会うようになりました。彼の教義も聞きました。私は彼に共感を覚えました。なぜなら私のいる政府は改革不能なほどの堅固な壁に囲まれた暗黙の腐敗の構造があるからです。

女　なんであたしに話したの？

課報委員　私はふたつの人生を送っています。教団への憎しみと共感。ふたつを同時に生きてバランスを保っています。新教団で今彼は悩んでいます。私にはわかるのです。それは彼が尊師の後継者として徹頭徹尾男性優位のもとで育てられたからです。新教団には母なる守護神が必要なんです。彼にとっても信者たちにとっても。

女　あなた……。

諜報委員　驚きましたか？

女　水割り飲まないの？

諜報委員　新教団に来てくれませんか？

女　何ものでもないことはいけないの？

諜報委員　あなたは自分が何ものであるかわかっていない。

女　断ります。

諜報委員　予想してました。それならば新教団のクローン技術に委ねていただきたい。あなたの遺伝子を持った受精卵をあなた自身の胎内で受胎させる。あなたにあなた自身を宿して欲しい。

女　生まれた子はどうするの？

諜報委員　新教団が引き取ります。

女　あたしのものではないのね。

諜報委員　あなたも来てくれればいいんだ。

女　帰れよ。

諜報委員　空手では帰れません。

女　知ったことか！

女はアイスピックを掲げる。

諜報委員　それならば力づくでもあなたのＤＮＡをいただくしか他に術がなくなってしまう。

諜報委員はアイスピックを持った女の腕を掴み、アイスピックを奪った。パンクが店に入ってくる。諜報委員とパンクは見合った。

パンク　このやろう。

パンクがナイフを取り出しすぐに投げると、諜報委員の腹に刺さった。諜報委員は店から逃走する。パンクは追う。女も追って表に出る。ふたりは疾走していない。

女　（つぶやく）あたしはここにいる……あたしはどこにもいない。

機長と片足の浮浪者が近づいてくる。

片足の浮浪者　おれたちのグルはどこに行ったんだ？

女　なんであたしに聞くの？

片足の浮浪者　あんたには光が見えるからさ。

女は放心したように座り込んでしまう。

機長　どこかへ行こう。
女　もうやめて。あたしの物語は。

女の周囲に深い闇が広がっていく。

幕。

参考文献
『密教の可能性』正木晃著　大法輪閣刊
『善悪の彼岸へ』宮内勝典著　集英社刊

あとがき

『わらの心臓』の舞台である廃墟は原発事故跡地という設定だ。現在の私たちは、「火山のふもと」と呼ばれるそれから即座に福島原発事故を思い浮かべるだろう。しかし、『わらの心臓』が書かれ上演されたのは、２０００年であり、福島原発事故は十一年後のことだ。

おそらく執筆当時の私には１９８６年のチェルノブイリ原発事故が頭にあり、世界の終わりを思わせる事故と同級の人類史における恐怖と不安の刻印として１９９５年の地下鉄サリン事件を扱い、原発事故を劇の通底音にしたのだろう。

事件の首謀であるオウム真理教のことを劇に書こうとして、事件から五年が経過していた。その間に教団についての表に出る情報の数が増えていった。確かに、劇は時代を映す鏡であることには違いないが、その言葉に煽られて早計に事実をドラマ化するのが得策とは限らない。殊にオウム真理教と地下鉄サリン事件には、事件直後では不明な点が多かった。

五年間、未知の情報が開陳されるのを待ち、自分のなかでこの題材で書ける時期が来るのを待った。

1997年にスコットランドでクローン羊ドリーが誕生した。同時にその頃、第二次大戦中、ナチスが純粋なるアーリア人種を誕生させるために設けた施設レーベンスボルンの知識を得た。どちらも生命に関して考えさせられる事項で、通底するのは、自己という存在と生命への不信だ。自分をクローン人間と知った彼女、自分がレーベンスボルンで生まれたと知った彼はまずは宇宙に向かって問うだろう。

自分とは誰なのだ?

不在の自分の空白を埋めるためには物語が必要となるだろう。

これらの事項から想を得て、この戯曲に取り掛かったのだと思い出しながら、このあとがきを書いている。

執筆してから十九年経過した自作には冷静に向き合える。まるで他人が書いた戯曲のように読める。

だが、今書き終えたばかりの戯曲については多くを語れない。だから2019年の『ノート』

については読者と観客がどう思うかに任せよう。

と言いつつ、多少解説を加えるとすれば、これが2018年の地下鉄・松本サリン事件実行犯十三名の死刑執行の衝撃から書かれたことは明白だ。

ただこの劇はオウム真理教のことだけを描いたものでは決してない、とは言っておきたい。あくまでもこれは事実をモデルにしたフィクションであり、再現ドラマの類いとは違う。そのことをまず最初に確認しておきたいがために、劇中では、地下鉄に加えてヘリコプターからのサリン空中散布というフィクションを用いている。

書こうとしたのは、どこにでもありうる集団という生き物の、どこにでも起こり得る出来事についてだ。

この劇に関わっていただいたすべての方々、戯曲の出版を担当していただいた森下雄二郎氏、論創社のスタッフの皆様方に深く感謝いたします。

2019年・秋。

川村　毅

◇上演記録ノート

【公演日時】
２０１９年10月24日〜11月4日　吉祥寺シアター

【キャスト】
A……………………砂原健佑
B……………………林田一高
J……………………阿岐之将一
K……………………深谷由梨香
N……………………笠木　誠
O……………………植田真介
T……………………下前祐貴
男……………………井上裕朗
女……………………大沼百合子

【スタッフ】
演出：川村　毅
音楽：杉浦英治
照明：原田　保
音響：原島正治
衣裳：伊藤かよみ
ヘアメイク：川村和枝

演出助手：小松主税
舞台監督：小笠原幹夫　鈴木　輝
宣伝美術：町口　覚
製作：平井佳子

提携：公益財団法人　武蔵野文化事業団
助成：文化庁文化芸術振興費補助金
企画・制作／主催：株式会社ティーファクトリー

令和元年度（第74回）文化庁芸術祭参加公演

◇上演記録
わらの心臓

戯曲『わらの心臓』　初出：小学館「せりふの時代」Vol.16 2000年夏号

■川村毅演出・上演記録
初演：2000年5月11日～21日　シアタートラム
第三エロチカ＋世田谷パブリックシアター公演

2004年12月10日～11日　京都芸術劇場 studio21
京都造形芸術大学映像・舞台芸術学科実習公演

2019年8月19日　吉祥寺シアター
ティーファクトリー＋吉祥寺シアター　リーディング公演

■初演上演記録
【キャスト】
男（国間境一郎）・X・影……………………………吉田鋼太郎
女（安藤ミサ）…………………………………………戸川 純

労務者（ミラレパ）……………………………………宮島 健
諜報委員（小野木）……………………………………野並哲郎
機長 ………………………………………………………笠木 誠
パンク ……………………………………………………永野裕史
介護職員 …………………………………………………円堂 香

老女（国間京子）……………………………坂本容志枝
青い信者（ガネーシャ大師）………………水下きよし
灰色の信者 …………………………………吉村恵美子
緑の信者（チティパティ大師）……………笠木 誠
朱色の信者（マーリーチー）………………清田直子
白い信者（大室医師）………………………哀藤誠司
学生 …………………………………………伊澤 勉

浮浪者 ………………………………………哀藤誠司
若い浮浪者 …………………………………永野裕史
眼帯の浮浪者 ………………………………友田憲宏
片足の浮浪者 ………………………………登山貴弘
機動隊員 ……………………………………臼井武史
刑事 …………………………………………登山貴弘
国間の妻・アンヌ …………………………ほりゆり

【スタッフ】
演出：川村 毅
音楽：杉浦英治
美術：中越司
照明：キム ヨンス
音響：原島正治
衣裳：バルタザール鈴木 伊藤かよみ
演出助手：小松主税

舞台監督：向井一裕　ジャパン・アーチスト・フォーメーション
宣伝美術：町口覚
制作：平井佳子（第三エロチカ）　松井憲太郎（世田谷パブリックシアター）
助成：文化庁・日本芸術文化振興会　舞台芸術振興事業
企画・制作：第三エロチカ、世田谷パブリックシアター

川村　毅（かわむら・たけし）

劇作家、演出家、ティーファクトリー主宰。

1959年東京に生まれ横浜に育つ。

1980年明治大学政治経済学部在学中に第三エロチカを旗揚げ。86年『新宿八犬伝 第一巻』にて岸田國士戯曲賞を受賞。

2010年30周年の機に『新宿八犬伝 第五巻』完結篇を発表、全巻を収めた［完本］を出版し、第三エロチカを解散。

以降3年間、新作演出による舞台創りを控え、P.P. パゾリーニ戯曲集全6作品を構成・演出、日本初演する連作を完了。

2014年リスタートと位置づけた新作演出舞台の創造を吉祥寺シアターと共に開始。2014年『生きると生きないのあいだ』15年『ドラマ・ドクター』16年『愛情の内乱』、この三作品を収めた「川村毅戯曲集2014-2016」を論創社より刊行。〈自身の原点を再考する〉新作として2017年『エフェメラル・エレメンツ』(「エフェメラル・エレメンツ／ニッポン・ウォーズ」論創社刊)、2018年『レディ・オルガの人生』、2019年『ノート』が続く。


2013年『4』にて鶴屋南北戯曲賞、文化庁芸術選奨文部科学大臣賞受賞。2002年に創立したプロデュースカンパニー、ティーファクトリーを活動拠点としている。戯曲集、小説ほか著書多数。http://www.tfactory.jp/

●本戯曲の使用・上演を希望される場合は下記へご連絡ください
株式会社ティーファクトリー
東京都新宿区西新宿 3-5-12-405
http:/www.tfactory.jp/　info@tfactory.jp

ノート／わらの心臓

2019年 10 月24日　初版第 1 刷印刷
2019年 10 月30日　初版第 1 刷発行

著　者　川村　毅
発行者　森下紀夫
発行所　論 創 社
東京都千代田区神田神保町 2-23　北井ビル
電話 03（3264）5254　振替口座 00160-1-155266
装丁　奥定泰之
組版　フレックスアート
印刷・製本　中央精版印刷
ISBN978-4-8460-1887-0